Franz Kafka
Das erzählerische Werk

卡夫卡小说全集(纪念版)

[奥]弗兰茨·卡夫卡 著 韩瑞祥 等译

人民文学出版社
PEOPLE'S LITERATURE PUBLISHING HOUSE

Franz Kafka

100 YEARS

城堡（上）

卡夫卡小说全集（纪念版）

［奥］弗兰茨·卡夫卡 著　高年生 译

人民文学出版社

Franz Kafka
Das erzählerische Werk

图书在版编目(CIP)数据

卡夫卡小说全集:纪念版:全十册 / (奥) 弗兰茨·卡夫卡著;韩瑞祥等译. -- 北京:人民文学出版社, 2025. -- ISBN 978-7-02-019048-5

I. I521.44

中国国家版本馆CIP数据核字第20246AM997号

责任编辑	欧阳韬
装帧设计	刘佩洋
责任印制	宋佳月

出版发行	人民文学出版社
社　　址	北京市朝内大街166号
邮政编码	100705

印　　刷	小森印刷(北京)有限公司
经　　销	全国新华书店等

字　　数	1027千字
开　　本	880毫米×1250毫米　1/64
印　　张	45
版　　次	2003年8月北京第1版
	2025年3月北京第2版
印　　次	2025年3月第1次印刷

书　　号	978-7-02-019048-5
定　　价	398.00元(全十册)

如有印装质量问题,请与本社图书销售中心调换。电话:010-65233595

编者前言

弗兰茨·卡夫卡(Franz Kafka,1883—1924)在西方现代文学中有着特殊的地位。他生前在德语文坛上鲜为人知,但死后却引起了世人广泛的注意,成为美学上、哲学上、宗教和社会观念上激烈争论的焦点,被誉为西方现代派文学的主要奠基人之一。

论年龄和创作年代,卡夫卡属于表现主义派一代,但他并没有认同于表现主义。他生活在布拉格德语文学的孤岛上,对歌德、克莱斯特、福楼拜、陀思妥耶夫斯基、易卜生、托马斯·曼等名家的作品怀有浓厚的兴趣。在特殊的文学氛围里,卡夫卡不断吸收,不断融化,形成了独特的"卡夫卡风格"。他作品中别具一格甚至捉摸不透的东西就是那深深地蕴含于简单平淡的语言之中的、多层交织的艺术结构。他的一生、他的环境和他的文学偏爱全都网织进那"永恒的谜"里。他几乎用一个精神病患者的眼睛去看世界,在观察自我,在怀疑自身的价值,因此他的现实观和艺术观显得更加复杂,更加深邃,甚至神秘莫测。

布拉格是卡夫卡的诞生地,他在这里几乎度过了一生。到了生命最后的日子,他移居到柏林,试图摆脱不再属于卡夫卡的布拉格。不管怎样,跟他的同胞里尔克和韦尔弗相比,卡夫卡与布拉格保持着更长时间和更密切的联系。在这个融汇着捷克、德意志、奥地利和犹太文化的布拉格,卡夫卡发现了他终身无法脱身的迷宫,同时也造就了他永远无法摆脱的命运。

实际上,随着卡夫卡命运的终结,一个融汇了捷克 — 德意志 — 奥地利 — 犹太文化的布拉格精神也宣告结束。像所有的艺术家一样,卡夫卡也是他那个时代的产物;社会现实、家庭环境、个人身体状况以及其他具体的因素,决定了他的命运和创作。他处在一个历史发展的末期：随着哈布斯堡王朝日薄西山的挣扎，布拉格的德语文化走向衰败，但作为艺术家的卡夫卡并没有去猎取当时时髦的风格，借以表现现实的经历与感受，而是赋予表现那种末日现象以卡夫卡式的形式，一种并未使他生前发表的为数不多的作品能够产生广泛影响的形式。如果卡夫卡在他绝大多数作品和札记里表现了绝望和徒劳的寻求的话，那么这无疑只是犹太人命运的写照，而更多溯源于哈布斯堡王朝面临衰亡和自我身心的绝望，也就是处于社会精神和文化危机中的现代人的困惑。

卡夫卡的一生是平淡无奇的。他出生在奥匈帝国统治的布拉格，犹太血统，父亲是一个百货批发商。卡夫卡从小受德语文化教育，1901年中学毕业后入布拉格大学攻读日耳曼语言文学，后迫于父亲的意志转修法学，1906年获得法学博士学位。大学毕业后，先后在法律事务所和法院见习，1908年以后一直在一家半官方的工伤事故保险公司供职。1922年因肺病严重离职,几度辗转疗养,1924年病情恶化,死于维也纳近郊的基尔林疗养院。

卡夫卡自幼爱好文学。早在中学时代,他就开始大量阅读世界文学名著,尤其对歌德的作品、福楼拜的小说和易卜生的戏剧钻研颇深。与此同时,他还涉猎斯宾诺莎和达尔文的学说。大学时期开始创作,经常和密友马克斯·布罗德一起参加布拉格的文学活动,并发表一些短小作品。供职以后,文学成为他惟一的业余爱好。1908年发表了题为《观察》的七篇速写,此后又陆续出版了《司炉》(长篇小说《失踪的人》第一章,1913),以及《变形记》(1915)、《在流放地》(1919)、《乡村医生》(1919)和《饥饿艺术家》(1924)四部中短篇小说集。此外,他还写了三部长篇小说:《失踪的人》(1912—1914)、《审判》(1914—1918)和《城堡》(1921—1922),但生前均未出版。对于自己的作品,作者很少表示满意,认为大都是涂鸦之作,因此在给布罗德的遗言中,要求将其"毫无例外地付之一炬"。但是,布罗德违背了作者的遗愿,陆续整理出版了卡夫卡的全部著作(包括手稿、片断、日记和书信)。1935至1937年出了六卷集,1950至1958年又扩充为九卷集。这些作品发表后,在世界文坛引起了巨大的反响。从上世纪四十年代以来,现代文学史上形成了特有的一章:"卡夫卡学"。直到21世纪的今天,卡夫卡及其作品始终是世界文坛上备受关注的文学现象。

无论对卡夫卡的接受模式多么千差万别,无论有多少现代主义文学流派和卡夫卡攀亲结缘,卡夫卡不是一个思想家,不是一个哲学家,更不是一个宗教寓言家,他只是一个风格独具的奥地利作家,一个开拓创新的小说家。原因有二:其一,在卡夫卡的艺术世界里没有了传统的和谐,贯穿始终的美学模式是悖谬。一个乡下人来到法的门前(《在法的门前》),守门人却不让他进去,于是他长年累月地等着通往法的门开启,直到生命最后一息,最终却得知那扇即将关闭的门只是为他而开的。与表现主义作家相比,卡夫卡着意描写的不是令人心醉神迷的情景,而是平淡无奇的现象:在他的笔下,神秘怪诞的世界更多是精心观察体验来的生活细节的组合;那朴实无华、深层隐喻的表现所产生的震撼作用则来自那近乎无诗意的,然而却扣人心弦的冷静。卡夫卡叙述的素材几乎毫无例外地取自普普通通的生存经历,但这些经历的一点一滴却汇聚成与常理相悖的艺术整体,既催人寻味,也令人费解。卡夫卡对他的朋友雅鲁赫说过:"那平淡无奇的东西本身就是不可思议的。我不过是把它写下来而已。"其二,卡夫卡的小说以其新颖别致的形式开拓了艺术表现的新视角,以陌生化的手段,表现了具体的生活情景。毫无疑问,卡夫卡的作品往往会让人看出作者自身经历的蛛丝马迹,尤其是那令人窒息的现代官僚世界的影子。然而,卡夫卡的艺术感觉绝非传统意义上的模仿。他所叙述的故事既无贯穿始终的发展主线,也无个性冲突的发展和升华,传统的时空概念解体,描写景物、安排故事的束缚被打破。强烈的社会情绪、深深的内心体验和复杂的变态心理蕴含于矛盾层面的表现中:一方面是自然主义地描写人间烟火、七情六欲、人情世态,清楚、真切、明晰;另一方面是所描写的事件与过程不协调,整体却往往让人无所适从,甚至让人觉得荒诞不经。这就是典型的卡夫卡。卡夫卡正是以这种离经叛道的悖谬法和多层含义的隐喻表现了那梦幻般的内心生活——无法逃脱的精神苦痛和所面临的困惑。恐怕很少有作家在他们的作品中把握和再现世界的时候,能把世界上从未出现过的事物的奇异,像他的作品那样表现得如此强烈。卡夫卡的美学成就就是独创性和不可模仿性的完美结合。

卡夫卡的世界是荒诞的、非理性的;困惑于矛盾危机中的人物,是人的生存中普遍存在的陌生、孤独、苦闷、分裂、异化或者绝望的象征。他的全部作品所描写的真正对象就是人性的不协调，生活的不协调，现实的不协调。从第一篇作品《一场斗争的描述》(1903)开始，他那"笼子寻鸟"的悖论思维就几乎无处不在。在早期短篇小说《乡村婚礼筹备》(1907)中已经得到充分体现。主人公拉班去看望未婚妻，可心理上却抗拒这种联系，且又不愿意公开承认。他沉陷于梦幻里，想象自己作为甲虫留在床上，而他那装扮得衣冠楚楚的躯体则踏上了旅程。他无所适从，自我分裂，自我异化，因为他面对的是一个昏暗的世界。梦幻里的自我分裂实际上是拉班无法摆脱生存危机的自我感受；人生与现实的冲突是不可克服的。

在卡夫卡的文学创作中，中短篇小说占有十分重要的地位，尤其他那寓言式的短篇之作是世界现代派文学中独一无二的经典（比如《在法的门前》《在马戏场顶层楼座》《小寓言》等）。许多中短篇小说，无论从主题还是表现手法上都为他的长篇小说创作提供了深厚的铺垫。短篇成名作《判决》(1912)是卡夫卡对自我分裂和自我异化在理解中的判决,是对自身命运的可能抗拒。许多批评家把《判决》与其后来写的著名长信《致父亲的信》相提并论,视之为卡夫卡审父情结的自白。实际上,《判决》是作者心理矛盾感受的必然,并不是现实的模仿。小说中的人物更多则表现为主人公格奥尔格·本德曼内心分裂的象征。在一个春光明媚的星期天上午,本德曼写信给一个远在俄罗斯的朋友,告诉他自己跟一个富家闺秀订婚的消息。这个朋友是个光棍汉,流落他乡,与世格格不入,一事无成。订婚标志着本德曼的幸福和成就,也就是这个世界令人尊敬的人生价值。而这位朋友的存在则成为幸福和成就的障碍。小说中,父亲象征着某种无比强大的力量,由于他的介入,本德曼被从辉煌的成就世界里分离出来,父亲称他既是一个"纯真无邪的孩子",又是一个"卑劣的人"。本来的命运就决定他是一个与现实世界格格不入的、捉弄生活的故事叙述者,因此父亲判他去"死",本德曼欣然接受。接受良知赐予的、与现实世界不相融的生存,便意味着随遇而安的本德曼的死亡。他怀着对父母的爱投河自杀,告别了追求功利的现实世界,存在的是一个漂流他乡的陌生人。

1915年发表的《变形记》是其中篇小说的代表作。小说主要从主人公的视角出发,描写了在家庭与社会的压迫下人的异化现象。如果《判决》中的本德曼是在自我分裂中寻求自身归宿的话,那么,《变形记》的主人公在自我异化中感受到的只是灾难和孤独。一天早晨,推销员格雷戈尔从不安的睡梦中醒来,发现自己变成了一只甲虫。他挣扎着想从床上起来,但是,变形的身体和四肢无论如何也不听使唤。他担心失去工作,不能再挣钱养家,感到十分恐惧。格雷戈尔变成甲虫之后,他厌恶人类的食物而喜欢吃腐败的东西;他总是躲在阴暗的角落里或倒挂在天花板上。然而,他仍然保持着人的心理,能够感觉、观察、思考和判断,能够体会到他的变形使自己陷入无法摆脱的灾难与孤独中，生理和精神上的双重痛苦日夜折磨着他。格雷戈尔被视为"一切不幸的根源"，连怜悯他的妹妹也要无情地"把他弄走"。自此，他不再进食，被反锁在堆满家具的房间里，在孤独中变成了一具干瘪的僵尸。格雷戈尔死后，全家人如释重负，永远离开了那座给他们带来不幸的公寓。在郊外春意盎然的阳光下，父母亲突然发现，自己的女儿已经长成一个身材丰满的美丽少女，他们的心中充满了梦想和美好的打算。

卡夫卡在这篇小说中用写实的手法描写荒诞不经的事物，把现实荒诞化，把所描写的事物虚妄化。人变甲虫，从生理现象看，是反常的、虚妄的、荒诞的；而从社会现象上讲，又是正常的、可能的、现实的。卡夫卡在这里追求的不是形似而是神似。他以荒诞的想象、真实的细节描写、冷漠而简洁的语言表述、深奥莫测的内涵，寓言式地显示出荒诞的真实、平淡的可怕，使作品的结尾渗透辛辣的讽刺。

《在流放地》(1919)是卡夫卡的第二部中短篇小说集,其中的同名短篇小说是备受读者青睐的名篇。它在主题上与长篇小说《审判》紧密相连。在这篇小说里,作者以近乎自然主义的写实手法,描写了杀人机器执行死刑那惨无人道的过程,而不容改变的执行与被判刑人莫名其妙的罪行在读者的接受中自然而然地形成了怪诞的对立。小说叙述者通过对杀人机器身临其境的观察而成为"不公正的审判和非人道的执行"的见证者,通过荒诞的细节描写使读者自始至终感到难以摆脱的难堪:不仅是这篇小说"令人难堪,而更多是我们共同的时代和我这个特别的时代十分难堪,过去是,现在依然如此"(卡夫卡)。时代的罪责问题构成了这篇小说表现的主题。

继《在流放地》之后,卡夫卡又发表了短篇小说集《乡村医生》。其中的同名短篇和《一份致某科学院的报告》属于卡夫卡最受关注和最晦涩的作品之一。《乡村医生》的主人公夜里听到求诊的门铃，要冒雪去好远的村子抢救病人，可是检查的结果却是病人没有病。小说层次多样，情节怪诞，隐喻丰富，在似真似幻的梦境里，乡村医生经历了许多离奇古怪的事情；他"承受着这个最不幸的时代的冰冻，坐着尘世的马车，驾着非尘世的马，迷途难返"，结果只有上当受骗的感觉。这里更多表现的是在人的内心深处产生作用而又不可名状的力量。它们驱使乡村医生遵循治病救人的目的，可他却常常感到无能为力。主人公最终停滞在孤独无助的境地，他在现实中的孤独感变成了各种各样的幻觉和梦境的映像。学界对这篇小说有多种多样的阐释，当然读者也有各种各样的解读。

像《乡村医生》一样，《一份致某科学院的报告》也是卡夫卡最有争议的作品。小说主人公是猴子红彼得。它应一个科学院的要求，对其当猴子的历史做出回答。这就是红彼得致科学院的报告。它被从非洲捉来以后就关在笼子里，并且在其中"只有这样一个感觉：没有出路"。于是，它下定决心要通过模仿人而发展成人。这是它惟一可能的出路。它时刻有意回避"自由"这个概念。红彼得最终成为一个受到广泛青睐的杂耍艺术家。它始终把孜孜不倦地学习当做最重要的事情，并且在此期间已经达到了一个欧洲人的平均教育水平。红彼得穿着像人一样，住在豪华宾馆里，远近闻名，有社会地位，收入丰厚，过上了一种小市民的生活，最终实现了从笼子里找到出路的目的。《一份致某科学院的报告》是一个充满寓意也令人费解的譬喻，作者以离经叛道的怪诞方式暗示出失去自由的现代人的生存问题。

《饥饿艺术家》是卡夫卡在其生命末期发表的一部短篇小说集。值得一提的是两篇以艺术家为题材的作品，即《饥饿艺术家》和《女歌手约瑟芬或耗子民族》。前者是卡夫卡十分钟爱的一篇作品，其主题是不安、绝望和徒劳地寻找"可吃的食物"和"可呼吸的空气"。饥饿艺术家之所以在马戏团的铁笼里把饥饿当成"艺术",是因为他在这个世界上无法找到适合他的食物,也就是他厌恶一切通常的食物。所以,饥饿对他来说是"这个世界上再简单不过的事情"。他要把自己的饥饿艺术表现到极致,可是他却被追求刺激的大众和马戏团的监督人员彻底忘记了。最终他像《变形记》中的格雷戈尔一样,尸体如同废物似的被弄出了铁笼子。取而代之的是一头小豹子,它在里面立刻觉得很惬意,因为适合它胃口的食物很丰富。这里展现的是一个对立的象征,它既是对艺术家,也是对普通人生存危机意蕴深邃的写照。而卡夫卡弥留之际发表的《女歌手约瑟芬或耗子民族》与《饥饿艺术家》在许多方面有相似之处。这篇小说似乎更多是作者命运多舛的艺术生涯的譬喻。

在作者生前未发表的众多中短篇小说中,值得一提的是《中国长城建造时》和《地洞》。短篇小说《中国长城建造时》具有深刻的象征寓意和讽喻韵味。卡夫卡借用对中国长城分段建造过程的描写,象征性地展现了现代人在一种捉摸不透、不可企及的权力机制统治下一切努力的徒劳。作为参加长城建造的叙述者在叙述的第二部分插入了一个脍炙人口的传说"皇帝的圣旨",从一个非同凡响的叙事视角凝练和拓宽了小说所表现的主题。

中篇小说《地洞》写于作者逝世的前一年,可谓是《变形记》的姊妹篇,其构思更加抽象和怪诞,情节更加离奇和阴郁。小说的主人公是一个人化的动物,为了保存食物和维持生命,它精心营造了一个地洞,然而对于这个地洞的安全性却始终表示怀疑。它被一种"神经质似的恐惧"折磨得寝食难安。无论它在地洞哪儿,始终忧心忡忡,总觉得已经陷入一种巨大的危险之中。与此同时,敌人却从某个地方悄悄地往里钻穿洞壁,咄咄逼近。于是,它惶惶不可终日,忽而蹿到地面上,忽而又钻进地洞里,似乎什么地方都不安全,它"能够信赖的,只有我自己和我的地洞"。它一会儿把食物集中在一起,一会儿又将食物分藏在各处,但无论怎样都不能使它放心。有一天,它在洞里突然隐约听到有挖掘的声音,而那声音越来越像出自一头大动物。从此,它陷入了更加恐惧和不安的境地,好像末日即将来临,每时每刻都在准备着应对紧急情况的发生。可以说,《地洞》借用对人化的动物的描写,以象征的手法,淋漓尽致地表现了现代人无所适从的精神危机。

无论卡夫卡的中短篇小说创作多么反常,变化多么多端,他的作品越来越趋于象征性和神秘性,风格也越来越富有卡夫卡风格的特色。他未竟的三部长篇小说在某种程度上同样典型地体现了"卡夫卡风格"的发展,始终享誉世界文坛。

未竟之作《失踪的人》(1912—1914)是卡夫卡的长篇小说处女作。作者生前发表了其中的第一章,也就是脍炙人口的短篇小说《司炉》(1913)。小说叙述的是一个名叫卡尔·罗斯曼的少年的故事,他十六岁时因被一个女仆引诱而被父母赶出家门,子然一身流落到异乡美国。罗斯曼天真、善良、富有同情心,愿意帮助一切人。由于形形色色的利己主义者和阴险的骗子利用罗斯曼的轻信,他常常上当受骗,被牵连进一些讨厌的冒险勾当里。罗斯曼要寻找赖以生存之地,同时又想得到自由,但他与那个社会格格不入。从主人公的坎坷行踪里,可以让人看到一个比较具体可感的社会现实;美国是故事情节的发生地,但卡夫卡却从未到过那里。因此,他笔下的美国无疑是其对自身生存现实感知的镜像。

与卡夫卡后来创作的两部小说《审判》和《城堡》相比,《失踪的人》在叙事风格上还带有一些传统色彩,读者从头到尾还可以追踪到一个连续不断的情节链条。评论界向来认为这部小说的创作或多或少受到了狄更斯的影响,卡夫卡甚至在他的日记里也表白了罗斯曼与狄更斯的小说《大卫·科波菲尔》中的主人公的因缘关系。尽管如此,无论从人物命运的表现,还是从叙事方式来看,卡夫卡在这里已经开始了独辟蹊径的尝试，尤其是采用了主人公的心理视角和叙述者的直叙交替结合的方式，分别从不同的角度，展露出现代小说多姿多彩的叙述层面，形成分明而浑然的叙述结构，为其后来的小说创作奠定了基础。

小说的主人公罗斯曼是卡夫卡表现现代人生存困惑的一个雏形。罗斯曼从一开始就是其生存环境的牺牲品，不断地陷入了一个又一个卡夫卡式的迷宫里而无所适从。小说第一章"司炉"就已经为罗斯曼的卡夫卡式的命运做了必然的铺垫：他在轮船上遇到了那个遭受种种不公正的司炉，为其境遇愤愤不平。可面对以船长为代表的权力世界，他徒劳无望的所作所为显得幼稚、荒唐和可笑。罗斯曼试图在美国找到一种公正的生存，但却处处受到不公正的对待，一次又一次挣扎在各种权力象征制造的天罗地网里：在美国邂逅相遇的富翁舅舅丝毫也不能容忍任何违背其意志的行为，莫名其妙地把与上流社会格格不入的罗斯曼赶出了家门；无家可归的罗斯曼为了寻找自己的生存之路，又陷入了一个现代化大酒店任人摆布的迷宫里，时时处处受到监视，生存如履薄冰，结果也无法免遭无妄之灾的折磨；在这弱肉强食的生存环境中，罗斯曼被迫沦为必须俯首听命的仆人，失去了任何行动的自由，不断地遭受着种种突如其来难以摆脱的折磨。他无力应对生存，只有听从命运的摆布，充当任人肆意蹂躏的对象，在无尽的生存困惑中煎熬。罗斯曼的命运在许多方面就是卡夫卡用长篇小说表现处在各种危机中的现代人困惑的最初尝试。

毋庸置疑，《失踪的人》为卡夫卡独具一格的长篇小说创作铺垫了坚实的基础，无论从人物表现和叙事风格来看都是"卡夫卡风格"形成的典型标志。

如果说《失踪的人》或多或少还带有模仿批判现实主义作家的痕迹，那么，《审判》（1914—1918）便是"卡夫卡风格"最有代表性的作品之一。卡夫卡生前视这部小说为"艺术败笔"，惟独喜爱的是"在大教堂里"一章中所描写的守门人的故事，并且拿出来取名为《在法的门前》屡次发表。值得庆幸的是，卡夫卡的挚友马克斯·布罗德于1925年首先整理出版了作者要求付之一炬的《审判》，称其为卡夫卡"最伟大的作品"，由此西方现代文学史上开始了争论不休的卡夫卡一章。

《审判》写的是银行高级职员约瑟夫·K的遭遇。一天早晨，K莫名其妙地被法院逮捕了。奇怪的是，法院既没有公布他的罪名，也没有剥夺他的行动自由。K起先非常愤慨，尤其在初审开庭时，他慷慨激昂地谴责司法机构的腐败和法官的贪赃枉法，并决定不去理睬这桩案子。但日益沉重的心理压力却使他无法忘掉这件事，他因此厌恶起银行的差事，自动上法院去探听，对自己的案子越来越关心，并四处为之奔走。然而，聘请的律师却与法院沆瀣一气，除了用空话敷衍外，一直写不出抗诉书。K去找法院的画师，得到的回答是：法院一旦对你提出起诉，那它就认定你有罪，谁也改变不了。最后在教堂里，一位神甫给他讲了"在法的门前"的故事，晓谕他"法"是有的，但通往"法"的道路障碍重重，要找到"法"是不可能的，人只能低头服从命运的安排。小说结尾，K被两个穿黑衣服的人架到郊外的采石场处死。

《审判》的表现充满荒诞和悖谬的色彩，无论从结构和内容上都是"卡夫卡风格"成熟的标志，在卡夫卡的整个文学创作中占有十分重要的地位。在这里，作者运用象征和夸张的艺术手法，寓言式地勾画出一个既熟悉又陌生的世界。一方面，这部小说近乎自然主义地描写了K的心理情绪和行为，平淡无奇的人情世态在细节上显得真切、明晰。另一方面，它的艺术结构多线交织，时空倒置，所描写的事件与过程突如其来、不合逻辑，甚至荒诞不经，让人感到如陷迷宫。充满悖谬的寓言《在法的门前》构成了《审判》艺术表现的核心，也是K生存危机和精神危机的绝妙写照。K为了还回自己的清白寻求"法"的公正，却越来越深地陷入任人摆布、神秘莫测、似真似幻的天罗地网里。"法"似乎很近，却又很遥远；法官律师的态度含含糊糊，模棱两可；法律条文似是而非，难以捉摸。K在"法"制造的迷宫里无所适从，无能为力，无论怎样抗争都是徒劳的。与此同时，他作为上层社会的一员，又属于他与之相对立的"法"的一部分，因此也陷入自我矛盾之中，产生强烈的负罪感。他在审视自己的时候，周围的一切也显得那么朦胧模糊，变化莫测，像比喻一样虚幻。因此，他除了傲视一切的绝望以外，简直什么也没有了。K面对现实和自我始终处在审判和自我审判的重重矛盾之中，生活在透不过气的压迫感里。这种压迫感恰恰来自于那无所不在的，可又无处寻觅，幽灵似的"法"：在这法庭一切活动的背后，存在着一个"庞大的机构"，它雇用和豢养了一群大大小小的帮凶，它的存在就是滥捕无辜，给他们施加荒唐的审判。既然有这样一个是非不分、贪赃枉法和藏污纳垢的庞大机构凌驾于一切之上，那么，发生在这里的一切荒诞的东西便成了习以为常的,一切不可思议的东西都成了合情合理的。《审判》通过主人公的内心体验,也就是审判和自我审判,从头至尾给人以压迫感。这也是《审判》永远留给读者的深思。

与《审判》相比,卡夫卡的最后一部长篇小说《城堡》(1921—1922)更具"卡夫卡风格"。尽管从它问世以来,各种不同的观察视角(包括社会、政治、哲学、神学等视角)的评论和研究成果层出不穷,众说纷纭,但这部未竟之作迄今依然普遍被视为世界现代派小说的开山之作。《城堡》独创性的艺术表现充满神秘的超现实主义色彩。小说主人公K自称是土地测量员,受城堡伯爵的雇用来到附近的一个村子。城堡虽然近在咫尺,但对K来说可望而不可即,无论他怎样努力也无法进去。他在村子里经历了一个又一个反常怪诞现象,几乎连栖身之地都不容易找到。据说管K工作的是一个名叫克拉姆的部长,K千方百计要见到克拉姆,要与城堡取得联系,但除了得到信差送来的两封内容矛盾的信以外，始终见不到人。他在村子里一步步地陷入了魔幻般的境地中，甚至失去了与城堡一切联系的可能性。K最后竭尽所能，试图利用一切机会，为了获取城堡的信息。《城堡》的结尾部分是卡夫卡的挚友布罗德在整理出版这部小说时按照作者生前的意愿增补的。无论他的一切努力多么徒劳，但K始终坚持不懈地去寻求与城堡的联系，最终在越来越无法忍受的身心崩溃中绝望地走向了灭亡。

《城堡》是卡夫卡象征手法的集中体现。"城堡"既不是具体的城市，也不是具体的国家，而只是一个抽象的象征物。它象征着虚幻的、混乱的世界，象征着给人们带来灾难的、不可捉摸的现实，也是泯灭人性的国家统治机器的缩影。卡夫卡在小说中所着力描写的，不是这个象征物本身，而是主人公对它的切身体验。K来到城堡附近的村子里，好像进入了一个被某种看不见的强大力量所控制的魔幻世界里；生活在他周围的村民都像是些若即若离神秘莫测的幻影，莫名其妙地听命于来自城堡的魔力的摆布。在这个似真似幻的生存环境里，K试图从周围的人那里打听到城堡的消息，但他们却把他当成危险的"陌生人"而敬而远之。深陷魔幻世界的K越来越觉得出现在眼前的一切都是朦朦胧胧的、突如其来的、不合逻辑的、稀奇古怪的、惊心动魄的。为了进入城堡，他无时无刻不在进行着顽强的斗争，但是，无论他使用什么办法都徒劳无益，城堡永远只是一个难以企及的魔幻象征。他觉得自己好像被禁锢在看不见的牢笼里，叫天不应，呼地不灵，四处碰壁，茫然无措，城堡似乎很近，却又很遥远；官员们的态度似是而非，模棱两可；公文函件如同莫名其妙的判决，让人难以捉摸。像《审判》里的约瑟夫·K一样，K自始至终孤独无助地纠结于"城堡"制造的迷宫里一筹莫展，迷惘徘徊，只能痛苦地忍受着魔幻的折磨和荒诞的煎熬，其生存现实和命运发人深思。

可以说，《城堡》以其绝妙超凡的构思塑造了一个既神秘又真实的艺术世界，典型地体现了独创性与不可模仿性完美结合的卡夫卡风格，当之无愧地属于现代派小说最受关注的经典。

卡夫卡无疑是二十世纪德语乃至世界文学中独特而伟大的巨匠。他的文学创作自成一体，独具风格；他的小说历经了百年沧桑，但时至今日依然是世界文坛经久不衰和影响深远的现代派小说经典。卡夫卡的小说是留给后人仁者见仁智者见智，永远解不尽的谜。正因为如此，世界现代文学史上才形成了一个方兴未艾的卡夫卡学；卡夫卡始终是世界文坛上一颗耀眼的明星，是备受世界各地读者和研究者关注的焦点。

人民文学出版社2001年推出的《卡夫卡小说全集》已经走过了二十多个春秋，一直深受读者的喜爱，也给读者带来了阅读的愉悦和无尽的感受，我们甚感欣慰。在与广大读者多年的交流互动中，我们也获取了许多宝贵的建议,在此深表谢意。今年是卡夫卡逝世一百周年,为了缅怀这位世界文坛巨匠,我们对这套译文集做了一些必要的修正,将它继续奉献给广大读者,但愿它能够一如既往地陪伴读者享受阅读的愉悦,从中获取更多的启迪。我们也愿与读者继续共勉。

韩瑞祥
2024 年 5 月于蔚蓝海岸

译者前言

《城堡》——一个迷宫似的故事

卡夫卡是二十世纪最伟大的作家之一。早在1941年,著名英国作家奥登就说过:"就作家与其所处时代的关系而论,卡夫卡完全可以与但丁、莎士比亚和歌德等相提并论。"他在短暂的一生中在文学的田野上默默地耕耘,以自己独辟蹊径的创作广泛地影响了当代各国文学,在二十世纪世界文学史上留下了不朽的一页。他当之无愧地被尊称为现代派文学的鼻祖。

1883年7月3日,弗兰茨·卡夫卡生于奥匈帝国治下的波希米亚(今捷克西部地区)首府布拉格。他的父亲是一个白手起家的犹太商人,母亲是个气质忧郁、耽于冥想的家庭妇女。卡夫卡幼时受的是德语教育,1901年进入布拉格大学攻读日耳曼语言文学,但不久便迫于父命改学法律,并于1906年获得法学博士学位。自1908年起,他供职于一家半官方的工伤事故保险公司,1917年患肺病,1922年因病离职,1924年6月3日病逝,只活了四十一岁。

卡夫卡短暂的一生中充满了不幸。他所处的时代、他的社会生活环境、他的家庭,都对他的思想和创作产生了深刻的影响。

卡夫卡生活的时代正是奥匈帝国哈布斯堡王朝统治的末期。当时在布拉格,民族矛盾、政治矛盾十分尖锐,帝国摇摇欲坠。作为犹太人,卡夫卡与斯拉夫人没有什么来往,而布拉格的多数居民是斯拉夫人;他受的是德语教育,这使他与周围的人没有共同的语言;他既不是完全的奥地利人,也不是捷克人。作为保险公司的雇员,他不属于资产者;作为资产者的儿子,他又不完全属于劳动者。他的父亲性情暴烈、作风专横,在家庭中有着绝对的权威。卡夫卡从小就感到来自父亲的压力,一生都生活在父亲的阴影下。他曾三次订婚,又三次主动解除婚约,始终未能建立自己的家庭。卡夫卡的生活环境以及内向的性格,使他把写作当做惟一的精神寄托。

卡夫卡自幼酷爱文学。早在学生时代,他就大量阅读世界名著,并涉猎斯宾诺莎、尼采、达尔文等人的学说,受丹麦存在主义哲学家克尔恺郭尔思想影响,也研究过中国的老庄哲学。1908年开始发表作品。卡夫卡是一位勤奋的业余作家,在短暂的一生中创作了三部长篇小说和许多中短篇小说以及大量随笔、杂文、格言、书信、日记等。他对自己的作品要求十分严格,生前发表的作品屈指可数。卡夫卡去世前留下遗嘱,要求挚友布罗德焚毁他所有未发表的手稿,已发表的作品也不再版。后世的读者应感谢独具慧眼的布罗德没有执行这份遗嘱,在作家身后整理出版了亡友所有著作,使这位旷世奇才的不同凡响的作品得以保存下来,流播世间。世界上有不少国家曾禁止出版他的作品,然而他的作品仍以各种语言在世界各地出现。自五十年代起，欧美各国掀起了一股卡夫卡热，作家们纷纷模仿借鉴卡夫卡的创作手法，学术界也掀起研究卡夫卡的热潮，在文学研究领域形成了一门新的学科：卡夫卡学。时至今日，声势越来越大。本世纪以来活跃在世界文坛上令人眼花缭乱的现代文学流派如存在主义、超现实主义、荒诞派、黑色幽默、魔幻现实主义等等，都在卡夫卡的创作中找到自己创作方法某种特征的渊源。中国读者对卡夫卡的了解比较晚。六十年代中期，大陆曾翻译出版卡夫卡的少数作品，但仅供内部参考，广大读者无缘得见。"文革"后，改革开放的春风为外国文学翻译介绍工作带来了新的生机，卡夫卡也得到重新评价，引起广大读者的注意。卡夫卡也对中国作家产生影响，有一些作家已开始有意识模仿卡夫卡。随着时间的推移，卡夫卡的作品将会在我国赢得愈来愈多读者的理解和赞赏。

　　卡夫卡的三部长篇都是未竟之作。在这三部

作品中,《城堡》篇幅最大,也最富有卡夫卡特色,被公认为他最重要的一部作品。布罗德甚至称《城堡》是"卡夫卡的浮士德"。

小说写的是主人公K为进入城堡而徒然努力的故事。作品寓意深邃,内容怪诞离奇,展现了一个独特的世界,现实与非现实、合理与悖谬、常人与非人并列在一起。有人称它是一部"迷宫似的令人晕头转向的小说"。有一位外国评论家指出:"《城堡》的读者读了头几页往往会有如坠五里云雾之感,而这并不是因为书中的语言晦涩——卡夫卡的文风倒是明白晓畅的——,而是因为书中所描写的事情是如此离奇,人们间的对话是如此怪诞⋯⋯"

小说中出现了许多极其离奇而荒诞的事情。城堡并没有聘请土地测量员,却认可了K的土地测量员的身份;K早晨出门,大约只过了一两个钟头,夜幕就已降临;属于城堡管辖的村子并不算大,可是管理这个村子的却是一大群官员,他们的人数恐怕要比他们管辖下的村民多出好几倍,他们整日忙忙碌碌,办公室里一捆捆文件堆积如山,文件不断地掉到地上,只要发生一件微不足道的小事,只要收到一件无关紧要的申诉或无足轻重的申请,这个庞大的官僚机器就得成年累月地运转起来;巴纳巴斯自愿为城堡充当信差,日复一日,没完没了地在公事房等待任务,一等就是几年,也没有接到过一次差遣;城堡办公厅主任克拉姆给K发来两封信,对他的工作给予很高的评价,虽然他根本就没有动手工作,后来发现,这些信都是旧的,是从一堆发黄的旧档案里随便抽出来的;城堡秘书比格尔一天大部分时间都在床上度过,在床上处理公务,传讯当事人;K千方百计想要进入城堡,城堡一步也没有离开他的视线,但他却无法接近城堡一步;城堡官员索提尼看上了村姑阿玛丽亚,而阿玛丽亚坚决拒绝了他的粗暴要求,从此厄运就降临到她的家庭,尽管城堡并没有对他们采取什么措施,可他们却发热病似的去恳求城堡宽恕,为了能找到索提尼的跟班，阿玛丽亚的姐姐奥尔加不惜跑到客栈去，委身于每一个下贱的仆役……

这些事情叫读者感到不可思议，可是叙述者和作品中的人物却丝毫也不觉得有什么反常。这种不带任何感情色彩的纯客观的叙述方式，构成了卡夫卡的独特的艺术风格。故事情节在外表的荒诞性之下具有深刻的寓意，促使人们去进一步思考。

卡夫卡的每部作品都具有绝非单纯的复杂涵义，《城堡》一书更是如此，它可以使人得出完全不同的结论。例如：

城堡是神和神的恩典的象征。K寻求进入城堡之路，以求得灵魂的拯救，但他的努力是徒劳的，因为神的恩典是不可能强行取得的，最后K离开人世时才得到补偿。因此，《城堡》是一则宗教寓言。

城堡是权力象征、国家统治机器的缩影。这个高高在上的衙门近在咫尺，但对广大人民来说却可望而不可即。《城堡》是为官僚制度描绘的滑稽讽刺画，是极权主义的预示。

卡夫卡生活的时代，欧洲盛行排犹主义。《城堡》是犹太人无家可归的写照。

K的奋斗是为了寻求真理。人们所追求的真理，不管是自由、公正还是法律，都是存在的，但这个荒诞的世界给人们设置了种种障碍，无论你怎样努力，总是追求不到，最后只能以失败告终。

K是被社会排斥在外的"局外人"，不仅得不到上面的许可，也得不到下面的认可。他自始至终是一个"陌生人"。K的这种处境是现代人命运的象征。人不能不生活在社会之中，但社会不允许，也不承认他是社会的真正成员。

《城堡》反映了卡夫卡和他父亲之间极其紧张的关系。城堡是父亲形象的象征。K想进入城堡，而城堡将其拒之门外，这反映了父子对立和冲突……

凡此种种，不一而足。

当然，这些评说只是人们所做的诸多评说的几种可能性。未来世代还将不断地评说下去。每一种评说,即便正确,也可能只涉及其中某一侧面,因为一部优秀的作品往往具有多义性和复杂性,很难加以单一的概括。卡夫卡作品的本质在于提出问题而不在于获得答案。意味深长的是,卡夫卡的三部长篇小说都没有写完。美国当代女作家乔伊斯·欧茨指出:"对许多读者来说,卡夫卡还是一个永恒的谜……要'解开'这个谜就意味着'解开'人生的真谛。应该如何解释卡夫卡,如何超越卡夫卡笔下典型主人公的立场,如何去认清《城堡》本身的秘密!——看来这一切都是难以做到的……"[①]不过,从某个角度加以认识的可能性并非完全不存在。

卡夫卡是一个揭露旧世界的天才,他用荒诞、夸张的手法,写出了梦魇般的世界现实。布莱希特称卡夫卡是"一位先知式的作家"。R.D. 莱恩在《分裂的自我》一书中说:"如果比较莎士比亚和卡夫卡

---

① 引自欧茨《卡夫卡的天堂》,参见《论卡夫卡》第 678—679 页,中国社会科学出版社,1988 年。

对人之痛苦及普遍异化的揭露（而不考虑他们各自的天才），那么当代读者会认为，是卡夫卡而不是莎士比亚做出了更为强烈和更为全面的揭露……卡夫卡关于恶的认识是完整的；他没有用关于健全而合理之自我的认识与之对立。"① 卡夫卡自己也说过："凡是我写过的事将真的发生。"（1922年7月5日给布罗德的信）希特勒法西斯的残暴统治，使不少人逐渐认识到卡夫卡作品中惊人的预言性："卡夫卡的梦魇世界……实际上已成为现实。"欧洲战后的现实，也为人们重新评价卡夫卡提供了基础："对战争和战后现实的失望，对过去空想的摈弃……命令主义、生产的自动化、受官僚全面控制的世界的景况，这一切在卡夫卡未卜先知的预言里似乎都可以找到。"在中国，经历过那一场史无前例的"文化大革命"之后，人们对卡夫卡作品中貌似荒诞不经的事情便有了新的领会。布罗德指

---

① 参见 R.D. 莱恩《分裂的自我》第69页，贵州人民出版社，1987年。

出:"卡夫卡的小说《城堡》是世界的一个缩影;小说中关于某一类型的人对于世界做出的行为进行了详尽的描绘,其准确与细致达到无可比拟的程度。由于每个人都能觉察到自己身上也有这种类型的成分——正像他能在自己身上发现浮士德、堂吉诃德或于连·索黑尔也是他的'自我'的一个组成部分一样,所以卡夫卡的《城堡》超越了书中所写人物的个性,成为一部对每人都适合的认识自我的作品。"① 正因为卡夫卡所揭示的东西在世界上具有如此的普遍性,所以他的作品才会流传如此广泛。有人说卡夫卡"归根结底是最可理解的作家",也就不足为奇了。

高年生

1997年7月24日

于北京外国语大学

---

① 引自勃罗德(布罗德)《无家可归的异乡人》(1940),参见《论卡夫卡》第80页,中国社会科学出版社,1988年。

INHALT
目　次

第一章 001

第二章 031

第三章 067

第四章 085

第五章 109

第六章 143

第七章 169

第八章 187

第九章 205

第十章 225

第十一章 237

第十二章 247

第十三章 259

第十四章 309

第十五章 327

第十六章 441

第十七章 455

第十八章 465

第十九章 515

第二十章 543

附录

一　开篇的异文 595

二　残章断篇 601

三　作者删除的文句和段落 613

四　第一版后记（马克斯·布罗德） 685

五　第二版后记（马克斯·布罗德） 703

六　第三版后记（马克斯·布罗德） 705

Franz Kafka
Das erzählerische Werk

Das Schloss

第一章

K抵达的时候,天已很晚了。村子被厚厚的积雪覆盖着。城堡山笼罩在雾霭和夜色中毫无踪影,也没有一丝灯光显示巨大城堡的存在。K久久站立在由大路通向村子的木桥上,仰视着似乎虚无缥缈的空间。

之后,他去找住处。客栈里的人还没有睡,店主对晚来的客人深感意外和困惑,虽然没有空房,但他还是愿意让K睡在店堂里的草垫子上。K同意了。有几个庄稼人还坐在那儿喝啤酒,但是K不想和任何人交谈,便自己到顶楼上拿来草垫子,在火炉旁边躺下。这里挺暖和,庄稼人不言不语,他用疲惫的眼光还打量他们一会,然后就睡着了。

可是,没过多久,他便被人叫醒了。一个年轻人,穿着像城里人,长着一张演员般的脸,细眼睛,浓眉毛,正和店主一起站在他的身边。

庄稼人还在那里，有几个把椅子转过来，以便看得听得更清楚一些。年轻人因为叫醒K而彬彬有礼地表示歉意，自称是城堡总管的儿子，接着说："本村隶属城堡，在此地居住或过夜就等于在城堡里居住或过夜。未经伯爵准许，谁也不得在此居住或过夜。可是您并没有获得伯爵的批准，至少您并未出示这样的证明。"

K抬身半坐半躺，用手理理头发，抬头看着他们说："我这是走错路闯进哪个村子了？这儿有一座城堡吗？"

"当然啰，"年轻人慢慢吞吞地说，这时店堂里的人都不以为然地对K摇头，"是西西伯爵老爷的城堡。"

"在这儿过夜一定要有许可证吗？"K问道，仿佛想要肯定自己刚才听到的通知也许是做梦。

"一定要有许可证，"年轻人答道，并伸出胳膊向店主和客人问，"难道就可以不要许可证吗？"语气里含有对K的强烈讥讽。

"那么，我就得去弄一张来啰。"K打着呵欠说，一边推开身上的毯子，像是想要起来的样子。

"向谁去申请呀？"年轻人问。

"向伯爵老爷呀，"K说，"只能这样做啦。"

"现在深更半夜去向伯爵老爷申请许可证？"年轻人倒退一步，喊道。

"这样做不行吗？"K冷静地问道，"那您干吗把我叫醒？"

这一来年轻人火了。"流氓习气！"他嚷道，"我要求您尊重伯爵的官府！我叫醒您，是通知您必须立即离开伯爵的领地。"

"别再做戏啦，"K说得非常轻，躺下盖上毯子，"您有点儿过分啦，年轻人，明天我还会提到您这种态度的。只要我需要证人，店主和那儿的几位先生都可以作证。不过，还是让我来告诉您吧，我是伯爵请来的土地测量员。我的助手明天带着仪器乘马车来。我不想放过在雪地里步行的机会，可惜走错了好几次路，所以才来得这么晚。在领教您的教训之前，我自己就知道现在去城堡报到已太迟了，因此我只好在这儿将就住一夜。可是您——说得婉转一些——却不客气地把我吵醒了。我的话完了。先生们，晚安。"说罢，K向火炉转过身去。"土地测量员？"他还听见背后有人犹豫不决地问，接着便是一片沉寂。但是那个年轻人一会儿就恢复了自信，把嗓门儿压低，表示顾及K在睡觉，不过声音还是高得能让他听清楚，他对店主说："我要打电话去问。"什么，这个乡下小客栈还有电话？真是一应俱全。个别的事情使K感到意外，不过总的说来并不出他所料。电话机几乎就在他的头顶上，刚才他昏昏欲睡，没有看到。现在年轻人要打电话，无论如何也不可能不惊动正在睡觉的K，问题仅仅是K是否让他打电话；K决定让他打。不过这样一来装睡也就没有意思了，于是他翻过身来仰卧着。他看见那几个庄稼人战战兢兢地靠拢在一起窃窃私语;来了一位土地测量员,这可不是一件小事。厨房门打开了,女店主站在门口,她那庞大的身躯把整个门洞都堵住了。店主踮着脚尖向她走去,告诉她发生了什么事情。现在电话中的对话开始了。城堡总管已经就寝,不过一位副总管——几位副总管之一——弗利茨先生还在那儿。自称施瓦采的年轻人向他报告发现了K,一个三十多岁的男子,衣衫不整,正安静地睡在一个草垫子上,用一个小小的旅行背包当枕头,手边放着一根多节的手杖。他自然对此人产生怀疑,由于店主显然疏忽职守,他,施瓦采,就有责任来查究此事。他叫醒了这个人,盘问了他,并忠于职守地警告他要把他驱逐出伯爵领地,可是K对此却不以为然,最后情况表明,也许他有道理,因为他声称自己是伯爵老爷聘请的土地测量员。当然,核实这种说法至少是例行公事,因此施瓦采请求弗利茨先生问一问中央办公厅，是否真有这么一个土地测量员要来，并将查询结果立即用电话告知。

之后，屋子里静悄悄的，弗利茨在那边查询，年轻人在这边等候回音。K仍像刚才一样，甚至没有翻一下身，似乎满不在乎，只是睁大眼睛在发愣。施瓦采的报告混合着恶意和审慎，使K对城堡中甚至像施瓦采这种小人物也轻而易举地掌握的某种外交修养有所了解。而且他们那儿勤于职守；中央办公厅有人值夜班。显然很快就来了回音，因为弗利茨已经打电话来了。不过他的答复似乎非常简短，因此施瓦采马上气呼呼地扔下听筒。"我早就说过！"他叫道。"什么土地测量员！连个影子都没有。一个卑鄙的、撒谎的流浪汉，说不定还更糟。"有片刻之久，K以为所有人——施瓦采、庄稼人、店主和女店主——都会向他扑来。为了至少能躲过第一次冲击，他完全钻到被窝儿里去了。这时电话铃又响了，在K听来，铃声似乎特别响亮。

他慢慢地又伸出头来。虽然这次电话不大可能又涉及到K，但是所有人都停顿下来，施瓦采又拿起听筒。对方说了一大通以后，他低声说："是弄错了吗？我真为难。主任亲自打了电话？真稀奇，真稀奇。我该如何向土地测量员先生解释呢？"

K竖起耳朵听。如此说来，城堡已经任命他为土地测量员了。一方面这对他并不利，因为事实表明，城堡里的人已经掌握他的一切必要情况，权衡了力量对比，欣然开始这场斗争。可是另一方面对他也有利，因为这证明——按照他的看法——他们低估了他，他将会有更多的自由，超过他一开始所能希望的。如果他们以为用承认他的土地测量员身份这种确实棋高一着的做法就能永远使他惊慌失措，那他们就错了；这使他感到有一点不寒而栗，仅此而已。

K挥了挥手叫正怯生生地向他走来的施瓦采走开；大家敦促他搬到店主的房间去住，他也拒绝了，只是从店主手里接受一杯安眠酒，从老板娘手里接过一只脸盆、一块肥皂和一条毛巾。他甚至根本不用提出让大家离开店堂的要求，因为所有的人都转过脸，争先恐后地跑出去了，生怕他第二天还能认出他们来。灯熄了，他终于得到安宁。他酣睡到第二天早晨，连老鼠在他身边一溜烟地跑过一两次也没有把他吵醒。

早餐后店主告诉他，早餐以及他的全部伙食费都由城堡支付。他本想马上进村，但店主——想到其昨天的表现，K到目前为止只限于跟他说最必要的话——含着默默的请求老是围着他转，他对店主产生了恻隐之心，便让他坐在自己身边一会儿。

"我还不认识伯爵，"K说，"据说他对活儿干得好的付给优厚的报酬，是不是？像我这样远离老婆孩子的人，都想挣些钱带回家去。"

"先生不必为这担心，没有人埋怨工钱挣得

少的。"

"唔,"K说,"我并不是胆小怕事的人,就是对伯爵也会说出我的意见,不过和和气气地同老爷们把事情解决,当然就更好了。"

店主面对着K坐在窗台边上,不敢坐在比较舒适的地方,他那双棕色的大眼睛流露出焦虑的神色,自始至终盯着K。起初他挤到K的身边,而现在似乎又巴不得跑开。他是否害怕K向他打听伯爵的情况?他是害怕他认为是"老爷"的K不可靠吗?K必须转移他的注意力。他看了看钟,说道:"我的助手快要到了,你能给他们在这儿安排住处吗?"

"当然,先生,"他说,"不过他们难道不跟你一起住在城堡里吗?"

难道他这么乐意放走客人,特别是K,一定要把他送进城堡去住?

"这还没有定下来,"K说,"我得先了解人家要我干什么工作。如果比方说要我在这儿山下工作，那么住在这儿下面也就更好一些。我也怕山上城堡里的生活不合我心意。我总愿意自由自在。"

"你不了解城堡。"店主低声说。

"当然，"K说，"不应当过早下判断。目前我所知道的城堡情况仅仅是他们那儿懂得怎样挑选合适的土地测量员。也许那儿还有别的长处吧。"他站起来想摆脱正心神不定地咬着嘴唇的店主。要得到此人的信任并非易事。

K走出去时，墙上有一幅放在深色镜框里的黑不溜秋的人像引起他的注意。他在他的铺位上睡觉时就已看到，但由于距离远看不清是什么，以为木框里的原画已被取走，只看得见一块黑色底板。现在可以看清楚，这确实是一幅画像，是一个年约半百的男人的半身像。他的头低垂到胸前，低得连眼睛也几乎看不见，又高又大的前额和大鹰钩鼻子似乎重得使头抬不起来。由于脑袋的姿势，他脸上的大胡子被下巴压住了，再往下去才又分散开来，左手张开放在浓密的头发里，但是无法再把脑袋撑起来。"这是谁？"K问，"是伯爵吗？"K站在画像前，根本不回头看店主。"不，"店主说，"他是城堡总管。""城堡有一个漂亮的总管，千真万确，"K说，"可惜他生了一个那么没有教养的儿子。""不，"店主说，他把K拉近一点，悄悄地对他说，"施瓦采昨天言过其实，他的父亲只是个副总管，而且还是职位最低的一个。"此刻K觉得店主像个孩子。"这小子！"K笑道。但店主没有跟着笑，而是说："他的父亲势力也不小呢。""滚开！"K说。"你认为谁都是有权有势的。我是不是也有权有势？""不，"他胆怯又认真地说，"我并不认为你有权有势。""你的眼力还真不错，"K说，"私下里说，我确实不是有势力的人，因此我尊重有势力的人或许并不亚于你，只是我没有你那么老实，不大愿意承认这一点而已。"说罢，K在店主的面颊上轻轻拍了一下，想安慰安慰他，让自己表现得更友善些。这时店主果真微微一笑。他其实还很年轻，娇嫩的脸蛋几乎没有胡子。他怎么会娶一个块头大、年纪大的老婆呢？从旁边一个窥视孔里能看到她正手忙脚乱地在厨房里干活。不过K现在不想再追问他了，不想把终究引出的微笑吓跑。因此，他就仅仅再向他示意，叫他把门打开，接着就走出屋去迎接冬天明朗的早晨。

现在他看得见山上的城堡了。衬着蓝天，城堡的轮廓很鲜明地显现出来，由于到处都覆盖着一层薄薄的积雪，银装素裹，千姿百态，使城堡显得分外明晰。此外，山上的积雪似乎比这儿村子里少得多，K在村子里行走并不比昨天在大路上好走一些。这儿，积雪一直堆到茅舍的窗口，再往上又沉重地压在低矮的屋顶上，可是，山上一切都轻松自在地屹立着，至少从这儿看是这样。

从远处看，城堡大体上符合K的预想。它

既不是一座古老的骑士城堡,也不是一座新的豪华府邸,而是一个庞大的建筑群,由几幢两层楼房和许多鳞次栉比的低矮建筑物组成;如果不知道这是城堡,就会以为是一个市镇呢。K只看见一座尖塔,它属于一所住宅还是属于一座教堂,就无法断定了。一群群乌鸦正绕着尖塔飞翔。

K一面盯着城堡,一面向前走去,此外他什么也不关心。可是当他走近的时候,城堡却使他失望,原来它只是一个相当简陋的小市镇,由许多村舍汇集而成,惟一的特色就是也许一切都是用石头建造的,可是墙上的石灰早已剥落,石头似乎也摇摇欲坠。K一时想起自己的故乡小镇,它不见得比这座所谓的城堡差。如果K仅仅为了观光而来,那么,跑这么远的路就未免太冤枉了,还不如重访自己的故乡,他已有很久没有回故乡了。他在心里拿故乡教堂的尖塔同现在在那儿山上的尖塔作比较。家乡那座尖塔巍然矗立，线条挺拔，由下而上逐渐变细，大屋顶，铺着红瓦，那是一座人间的建筑——我们还能造出什么别的来呢？——但是比那些低矮的房屋有着更崇高的目的，比忙忙碌碌的日常生活表现得更加明朗。这儿山上的尖塔——惟一看得见的一座高塔——现在可以看出是一所住宅，也许是主宅的塔楼，它是一座单调的圆形建筑，有一部分优雅地爬满了常春藤，一扇扇小窗子在阳光下闪闪发光，这有点儿疯狂的模样，塔顶像个平台，上面的雉堞参差不齐，断断续续，支离破碎，在蔚蓝的天空里，仿佛是一只孩童的手胆战心惊或马马虎虎地画出来的。它就像是一个忧郁成疾的居民，本来应该被关在屋内最偏僻的房间里，却钻出屋顶，站直身子，向世人显示。

　　K又止步不前，似乎站住才能更好地判断。但他受到了干扰。他立停的地方靠近乡村教堂，这座教堂其实只是一座小教堂，为了能够容纳教区的全体教徒，被扩建成像座谷仓似的。教堂后面是学校。那是一座低矮的长方形建筑，看上去像是临时性的，可是奇怪的是年代却很久远。它坐落在现已成为一片雪地的围着篱笆的园子后面。孩子们正同教师一起走出来。他们把教师团团围住，所有的眼睛都看着他。他们唧唧喳喳说个没完，说得很快，K根本无法听懂。那位教师是一位窄肩膀的小个子青年，身子直挺挺的，不过并不显得可笑。他从远处就盯住K，因为周围除了他那一群人就再没有旁人了。作为外乡人，尤其因为对方是一个司令官似的小个子男人，因此K首先打招呼。"早上好，老师。"他说。孩子们一下子都静了下来，这种突然出现的寂静也许正合教师的心意，他可以准备他要说的话。"您在看城堡吗？"他问，语气比K所预料的温和，但是语调好像并不赞成K的所作所为。"是的，"K说，"我在这里人地生疏，昨天晚上才到此地。""您不喜欢城堡吗？"教师很快又问。"什么？"K反问道，他感到有点惊讶，并用缓和的口气又问了一遍："我喜不喜欢城堡？您为什么认为我不喜欢城堡呢？""没有一个外乡人喜欢城堡。"教师说。为了避免说出什么不中听的话来，K便转换话题，问道："您认识伯爵吧？""不。"教师说，并想转过身去，可是K紧追不舍，又问："怎么，您不认识伯爵？""我怎么会认识他？"教师低声说，接着用法语高声补充一句："请您注意有天真无邪的孩子在场。"K以此作为理由问道："我能来看您吗，老师？我要在此地呆一些时候，现在就已感到有点寂寞了。我不是庄稼人，到城堡去怕也不大合适。""庄稼人和城堡没有太大区别。"教师说。"也许是吧，"K说，"这也不能改变我的处境。我能去看您吗？""我住在天鹅巷屠夫家里。"尽管这更像是告诉地址而不是发出邀请，但K还是说："好，我一定去。"教师点点头，便领着立刻又大声叫嚷起来的孩子们走了。不一会他们就消失在一条十分陡峭的小巷之中。

可是 K 却心神恍惚，这次谈话使他恼火。来到这里以后，他第一次感到真正疲乏。长途跋涉来到此地，原先似乎并没有使他感到很累；在那些日子里，他是怎样从容不迫、一步一步走来的！可是现在却显出过度劳累的后果了，来得当然不是时候。他有一种不可遏制的渴望，想要结识一些新朋友，可是每结识一个新朋友只会增加他的疲劳。[1]① 不过在今天这种情况下，他强使自己往前走，至少走到城堡的入口，那就已是很不错的了。

于是他又向前走去，可是路很长。因为这条路即村子的主要街道并不直通城堡山，它只是通到城堡附近，接着像是故意似的，改变了方向，虽然并没有离城堡越来越远，但也没有

---

① 这里原来有作者后来删掉的文句和段落。请见本书附录《作者删除的文句和段落》。下同。

靠近它。K始终期望这条路如今终于一定会转向城堡，只是因为他抱着这个希望，他才继续前行；显然由于感到疲劳，他犹豫不决，不愿离开这条路。这个村子长得没有尽头，这也使他感到惊异，老是一座座小房子、结冰的玻璃窗、白雪，阒无一人。最后他还是甩掉了这条走不完的大街，拐进一条小巷，那儿积雪更深，把脚从雪地里拔出来十分费劲，他直冒汗，突然停下来，再也走不动了。

好在他并不是孤零零的，左右两边全是农舍。他捏了一个雪球朝一扇窗子扔去。门立刻开了——这是他跑遍全村所遇到的第一扇打开的门。门口站着一个老农，穿着棕色皮袄，脑袋向一边歪着，态度和善，身体虚弱。"我可以到您家歇一会儿吗？"K问。"我很累。"他根本没有听见老人说什么，便感激地踏上一块向他推过来的木板。这块木板立即把他从雪中搭救出来，他走了几步就进了屋子。

屋子很大，里面光线暗淡。从外面进来，起先什么也看不见。K给一个洗衣桶绊了一下，一只女人的手把他扶住了。从一个角落里传来了孩子的哭叫声。从另一个角落里不断涌出水蒸气，使半明半暗的屋子变得黑黢黢的。K像是站在云海之中。"他准是喝醉了。"有人说。"您是谁？"一个盛气凌人的声音喊道，接着显然是对老者说，"你干吗让他进来？能把街上转悠的人都放进来吗？""我是伯爵的土地测量员。"K说，想要对那些他仍旧看不见的人为自己辩白。"哦，原来是土地测量员。"一个女人的声音说，接着便是一片沉寂。"你们知道我？"K问。"当然。"还是那个女人的声音简短地说。人家知道他，看来并没有因此便对他友善些。

水蒸气终于消散了一些，K渐渐看得清屋子里的情形了。这一天看来是一个大清洗的日子。靠近门口，有人在洗衣服。不过水蒸气是从另一个角落里冒出来的，那儿放着一只大木盆，K还从来没有见过这么大的木盆，约有两张床那么大，两个男人正在热气腾腾的水中洗澡。但更令人惊奇——说不清是什么令人惊奇的——是右边的角落。屋子后墙上有一个大洞——墙上仅有的一个洞，惨淡的雪光从那里射进来，显然是从院子里射进来的。白光映在一个女人身上，使她的衣服发出丝绸般的光泽。这个女人在角落深处懒洋洋地几乎躺在一张高背靠椅上，正抱着一个婴儿在喂奶，几个孩子围在她身边玩耍，看得出是庄稼人的孩子。可是这女人似乎不像是他们中的人，当然，庄稼人生病或疲倦时也会显得文雅的。

"坐吧！"两个男人中的一个说。他长着络腮胡子，唇上还蓄着小胡子，老是张着嘴呼哧呼哧地喘气，从澡盆边上伸手指了指——样子很滑稽——一个坐柜，把热水溅得K满脸都是。坐柜上已经坐着那个让K进来的老头，他正在打瞌睡。K对自己终于可以坐下心怀感激。

现在谁也不再去理他了。在洗衣桶旁边的那个女人年纪很轻，长得丰满结实，一头浅黄头发，边洗边低声哼着歌儿。男人们在澡盆里踢腿蹬脚、翻来覆去。孩子们想走近他们，却总是被他们使劲泼水给赶了回来，水甚至泼到K的身上。那个靠椅上的女人一动也不动地躺着，甚至不低头看怀里的孩子一眼，而是茫然望着高处。

K大概看了她好久，这幅没有变化的美丽而忧伤的图画，后来他准是睡着了，因为当有人大声喊他，把他惊醒的时候，他的脑袋正靠在他身边老人的肩上。两个男人已洗完澡，现在正在澡盆里嬉闹的是孩子们，由那个金发女人照看。男人已穿好衣服站在K面前。看来那个爱嚷嚷的大胡子是两个男人中地位较低的一个。另一个是个沉默寡言、思想迟钝的人，个子并不比大胡子高，胡子也少得多，长得虎背熊腰、四方脸膛，老是低着头。"土地测量员先生，"他说，"您不能呆在这儿。请原谅我们的失礼。""我也并不想呆在这儿,"K说,"只想歇一会儿。我已经歇过啦,这就走。""我们这样不好客,您大概会感到奇怪吧,"那个男人说,"不过我们这儿没有好客的风俗,我们不需要客人。"由于小睡片刻,K精神恢复了一点,听觉比刚才更灵敏一点,对这些开诚布公的话感到高兴。他行动更自在了,拄着手杖走来走去,并走近那个靠椅上的女人。再者他也是这屋子里身材最高的。

"不错,"K说,"你们要客人有什么用?不过有时还是需要一个客人,比方说,需要我,土地测量员。""这我不知道。"那人慢腾腾地说,"既然请您来,就可能是需要您,那就又当别论了。而我们,我们小人物是照老规矩办事的,您别见怪。""不,"K说,"我对您,对您和这儿所有的人,只有感激的份儿。"谁也没有料到,K突然猛一转身,站到那个女人面前。她睁着困倦的蓝眼睛望着他,一条透明的丝头巾直披到前额，婴儿在她怀里睡着了。"你是谁？"K问。她轻蔑地——不清楚是瞧不起K呢，还是鄙视自己的回答——说："从城堡里来的姑娘。"

这一切只是一瞬间的事，这时两个男人已经来到K的左右两边，一声不吭地使出全身力气把他推出门口，仿佛没有其他办法来与他沟通似的。那个老人不知对什么感到开心而拍起手来。洗衣服的女人也笑了，孩子们突然像发了疯似地大吵大闹起来。

但是，K很快就到了小巷里。那两个男人站在门口监视着他。现在又下雪了，尽管如此，天色却似乎亮了一点。那个大胡子怪不耐烦地喊道："您要去哪儿？这条路是上城堡去的，那条路是到村子里去的。"K没有答理他。另一个虽然高傲，可是K觉得还是他更随和一些，便对他说："您是谁？我该感谢谁接待了我？""我是制革匠拉泽曼，"他答道，"可您不用感谢谁。""好吧，"K说，"或许咱们后会有期。""我不信。"那人说。就在此时，大胡子抬手叫起来："阿图尔，你好！杰里米亚，你好！"K掉过头去；这么说，在这个村子的小巷里还是有人露面啦！从城堡方向走过来两个年轻人，他们都是中等个儿，修长身材，穿着紧身衣服，两人的脸也很相像。他们脸部皮肤是深褐色的，但漆黑的山羊胡子却显得突出。他们行走在这种道路状况下速度快得惊人，迈着细长的腿合拍地走着。"你们有什么事？"大胡子喊道。他们走得如此之快，而且马不停蹄，因此只有大声叫喊才能和他们交谈。"公事！"他们笑着大声回答。"在哪儿？""客栈里。""我也去那儿。"K突然叫了起来，声音超过其他所有的人。他非常渴望与他们结伴同行；虽然在他看来认识他们并不会有很大用处，可是他们显然是令人愉快的好伴侣。他们听到了K的话，但只是点了点头，就跑过去了。

　　K还一直站在雪地里，不太乐意把脚从雪

里拔出来,然后再把脚向前一步插入厚厚的雪中。制革匠和他的伙伴因为终于弄走了K而感到满意,慢慢吞吞地侧着身子穿过只开了一条缝的门走进屋去,边走边回过头来看K。K一人站在雪花纷飞的冰天雪地里。"假如我只是偶然而非有意地站在这儿,"他想起,"这倒是一次小小的绝望的机会。"

这时他左边的那所茅屋打开了一扇小窗户;也许是雪光反射的缘故,这扇窗子关着的时候看上去是深蓝色的,它非常小,现在打开以后,你都看不到朝外看的那个人的脸膛,只看得见两只眼睛,两只褐色的老年人的眼睛。"他站在那儿呢。"K听见一个女人颤抖的声音说。"那是土地测量员。"一个男人的声音说。接着,那个男人走到窗口,问道:"您在等谁?"他问话的口气倒也并非不客气,但仍然像是他很关心在自家门前的街上一切都正常似的。"等一辆雪橇把我顺便带走。"K说。"这儿不会有雪橇经过,"

那人说,"这儿没有车辆来往。""可这是上城堡去的大路呀。"K提出异议。"尽管如此,尽管如此,"那人以一种毫不退让的口气说,"这儿没有车辆来往。"接着两人都不说话了。但是那人显然在考虑什么,因为他一直还让那涌出蒸气的窗户开着。"这条路真差劲。"K说,想引他开口。

但那人仅仅说:"是啊,不错。"

过了一会儿,那人还是开口了:"您要是愿意,我就用我的雪橇送您走。""那就请您送我走吧,"K高兴地说,"您要多少钱?""分文不取。"那人说。K十分惊异。"您不是土地测量员嘛。"那人解释说,"您是城堡的人。您要到哪儿去呢?""到城堡去。"K赶紧说。"那我不去。"那人马上说。"可我是城堡的人呀。"K连忙说。"那我不去。"那人立刻说。"可我是城堡的人呀。"K重复那人自己的话。"也许是吧。"那人冷淡地说。"那就送我去客栈吧。"K说。"好吧。"那人说,"我这就去把雪橇拉来。"这一切并没有给人留下特别友好的印象，倒不如说是出于一种十分自私、恐惧、近乎谨小慎微的愿望：把K从自己家门口弄走。

院子的大门打开了，一匹瘦弱的小马拉着一辆轻便的小雪橇出来了。雪橇很简陋，没有坐位，那人弯腰曲背、软弱无力、一瘸一拐地跟在后面；他的脸又瘦又红，由于伤风鼻塞，头上紧紧裹着一条羊毛围巾，使他的脸显得特别小。显然他正在生病，只是为能送走K，这才勉为其难。K说自己很过意不去，但那人摆了摆手，示意他别说了。K仅仅得知他是马车夫盖斯泰克，他驾驶这辆不舒服的雪橇，是因为这辆雪橇正好是现成的，驾别的雪橇就得花过多时间。"坐上去吧。"他用鞭子指着雪橇后面说。"我可以坐在您旁边。"K说。"我步行。"盖斯泰克说。"为什么？"K问。"我步行。"盖斯泰克重复说了一遍，突然咳嗽起来，咳得身子直晃，不得不用双腿在雪地里支撑着并用双手抓住雪橇的边沿。K不再说什么，便坐在雪橇后面。那人的咳嗽慢慢地平息下来，于是他们便赶着雪橇走了。

那儿山上的城堡——K本想当天去那儿——已经奇怪地暗下来，又越来越远了。但是，犹如要给他一个暂时告别的信号，那儿响起了一阵轻快的钟声，这钟声至少有一刹那使他的心颤动起来，仿佛在向他预示——因为钟声也使人痛苦——他内心隐隐约约地渴望的东西有即将实现的危险。大钟声不久就停止了，继而响起一阵微弱单调的铃铛声，可能仍然来自城堡，但也可能就是从村里传来的。不过这丁零零声，同慢慢腾腾地行驶以及那个既可怜却又无情的车夫倒更相称。

"我说，"K突然叫起来——他们已经走近教堂，离客栈已经不远了，因此K可以冒点险了——"我很奇怪，你竟敢自己做主用雪橇送我兜了一圈，你能这样做吗？"盖斯泰克没有理睬,在那匹小马旁边静静地继续走着。"嗨!"K叫道,从雪橇上弄下一些雪,捏成一团向盖斯泰克扔去,击中了他的耳朵。他这才停下步子,转过身来;可是,当K如今看到他离自己这么近——雪橇又向前滑了几步——,看到他那弯腰曲背、可以说受过虐待的形状,又困又瘦的红脸膛,双颊不知怎么地不一样,一边平一边凹,张着只有几颗稀稀拉拉的牙齿的嘴巴在那儿听他说话的样子,他现在由于怜悯而不得不重说一遍自己刚才怀着恶意说的那句话:盖斯泰克会不会因为用雪橇送K而受到处罚。"你说什么呀!"盖斯泰克大感不解地问,可是并不期望得到进一步的解释,就向小马吆喝一声,于是他们又向前驶去。

Franz Kafka
Das erzählerische Werk

Das Schloss

第二章

在一个转弯处，K认出他们快要到客栈了。这时天已完全黑了，这使他感到惊奇。难道他已外出这么久了？可是按他的估计，大约只有一两个钟头；他是早晨出门的，他没有感到肚子饿，一直到不久之前都是白昼，现在却已夜幕降临。"白天真短，白天真短！"他自言自语地从雪橇上滑下来，向客栈走去。

客栈老板站在屋子前的小台阶上迎候他，并举着一盏灯为他照亮。K顿时想起了车夫，便停下来，在黑暗中什么地方有咳嗽声，这是他，唔，不久就会再见到他的。当K在台阶上同谦恭地向他问候的客栈老板站在一起的时候，他才看到大门两边各有一人。他从店主手里拿过灯来照亮他们，原来就是他已碰见过的那两个人，他们名叫阿图尔和杰里米亚。现在他们向他行军礼。想起他过去从军的日子，想起那段幸福的时光,他笑了。"你们是谁?"他问,一边看看这个又看看那个。"您的助手。"他们答道。"是助手。"客栈老板低声证实。"什么?"K问。"你们是我正在期待的老助手吗? 我让他们随后跟来。"他们作了肯定的回答。"好,"K停了一会儿说,"你们来了就好。""顺便提一下,"K过了一会儿又说,"你们来晚了,你们太松懈了。""路远。"一人说。"路远,"K重复了一遍,"可我碰见你们从城堡里来。""是的。"他们说,没有作进一步的解释。"你们的仪器呢? "K问。"我们没有仪器。"他们说。"我交给你们的仪器呢? "K说。"我们没有仪器。"他们反复说。"啊,你们究竟是什么人呀! "K说,"你们懂土地测量吗?""不懂。"他们说。"可是,既然你们是我的老助手,那就应该懂得土地测量。"K说,并把他们推进屋里。

之后,他们三人在店堂里围坐在一张小桌上喝啤酒,K坐在中间,两个助手坐在左右两边，都不怎么说话。同头一天晚上一样，此外就只有另一张桌子旁坐着几个庄稼人。"对你们还真难办，"K边说边比较他们的面孔，他已经比较过多次，"我怎样才能分辨你们？你们只有名字不同，此外全都一模一样，就像……"他顿住了，接着又不由自主地说下去："此外，你们就像两条蛇那样一模一样。"他们微微一笑。"别人都能把我们分辨出来。"他们为自己辩解说。"我相信，"K说，"我自己就曾亲眼目睹，可我只用我自己的眼睛来看，而我用自己的眼睛就无法分辨你们。因此，我要把你们当做是一个人，把你们俩都叫阿图尔，这是你们俩中间一个人的名字。是你的？"他向一人问道。"不，"那人说，"我叫杰里米亚。""这无所谓，"K说，"我要把你俩都叫阿图尔。我派阿图尔去什么地方，你们俩就都去，我叫阿图尔办什么事，你们俩就都去办，这样做固然对我很不利，因为我不能用你们分头去办事，但是这样做的好处是，对于我交代你们去做的一切事情，你们俩都共同负有责任。至于你们之间如何分工，我就不管了，只是你们不要互相推托，在我眼里你们只是一个人。"他们想了想，说："我们不喜欢这样。""怎么会喜欢呢，"K说，"你们当然不会喜欢这样，可是只能这样做。"K早就看到有个庄稼人蹑手蹑脚地在他们的桌子周围转悠，现在这人终于下定决心，走到一个助手面前，想悄悄地对他说什么。"对不起，"K一面说一面用手拍桌子，并站起来，"这两个人是我的助手，我们正在商量事情。谁也没有权利来打扰我们。""哦，请原谅。"那个庄稼人惶恐地说，并倒着向他的同伴们退回去。"你们必须首先注意这一条，"K接着重新坐下来说，"没有得到我的准许，你们不得同任何人交谈。我在这儿是个外乡人，既然你们是我的老助手，你们就也是外乡人。我们三个外乡人因此必须团结一致，伸出你们的手来向我保证这一点。"他们非常乐意地向K伸出手去。"把你们的大手放下吧,"他说,"不过我的命令是有效的。现在我要去睡觉了,我劝你们也去睡吧。今天我们耽误了一天的工作,明天一早就得开始干活。你们得搞一辆雪橇送我去城堡,明天早晨六点钟让雪橇在门外候命。""行。"一个助手说。可是另一个打断了他的话:"你说'行',可你知道那是办不到的。""请静一静,"K说,"你们大概想开始闹不团结吧。"可是这时第一个人说:"他说得对,那是办不到的,没有许可证,外乡人不得进入城堡。""得上哪儿去申请许可证呢?""我不知道,也许是向城堡总管申请吧。""那么,我们就打电话到那儿去申请,你们俩马上去给城堡总管打电话!"他们跑到电话机前,要求接通线路——他们干得多么起劲啊!表面上他们简直驯服得可笑——他们问,明天早晨K能不能跟他们一起到城堡去。电话里回答一声"不行!"连坐在桌子旁边的K都听到了。电话里的答复还更详细,对方是这么说的:"不论是明天或者其他什么时候都不行。""我要自己来打电话。"K说着便站起来。除了那一个庄稼人的事件以外,K和他的助手迄今为止几乎没有引起过别人的注意,但他最后说的那句话却引起了人们普遍的关注。他们也全都跟着K站了起来,虽然客栈老板想把他们轰回去,但他们还是挤到电话机旁边,围着K站成半圆形。他们普遍认为K根本就不会得到答复,K不得不请他们安静下来,说他并不想听取他们的意见。

听筒里传来一阵喊喊喳喳声,K以前打电话时从来没有听到过这种声音。它好像是无数孩子哼哼的声音——但又不是哼哼的声音,倒像是从非常非常遥远的地方传来的歌声——好像是这种哼哼声简直不可思议地混成了一种惟一高亢而洪亮的声音,在耳边震荡,仿佛不仅要叫人听见,而是想把耳膜刺穿。K把左臂搁在放电话机的小桌上听着,不打电话了,就这么听着。

他不知道站了多久,一直到客栈老板拉了拉他的上衣,通知他来了一个信差要见他。"滚开!"K怒冲冲地嚷道,也许他是对着电话筒叫的,因为这时有人答话了。接着便有了如下的对话:"我是奥斯瓦尔德,你是谁?"一个严厉而傲慢的声音喊道。K觉得这句话有个小小的发音缺陷,说话的人想以一种虚张声势的严厉口吻来弥补这个缺陷。K犹豫着要不要自报姓名,他对电话机毫无反抗能力,对方能够把他大声喝倒,把电话挂掉,而K就给自己堵塞了一条也许并非无关紧要的渠道。K的犹豫不决使那个人不耐烦了。"你是谁?"他重复地问道,接着又说:"我真希望那边别来那么多的电话,片刻之前刚来过电话。"K没有理会这句话,突然决定通报:"我是土地测量员先生的助手。""什么助手?哪一位先生?哪一位土地测量员?"K想起昨天的电话。"您去问弗利茨。"

他简短地说。这句话起了作用,这使他自己都感到惊奇。可是更使他惊奇的还不是这句话起了作用,而是城堡办事机构的一元化。对方回答道:"我知道,那个没完没了的土地测量员。是的,是的。有什么事? 是哪个助手?""约瑟夫。"K说。那些庄稼人在他背后嘀嘀咕咕使他有点恼火;他们显然不赞成他没有通报真名。但K没有工夫跟他们纠缠,因为他需要集中精力进行谈话。"约瑟夫?"对方反问。"那两个助手的名字叫……"说到这里停顿了片刻,显然是向另外一个人问他们的名字——"阿图尔和杰里米亚。""他们是新助手。"K说。"不,他们是老助手。""他们是新的,我才是老的,继土地测量员先生之后今天到的。""不!"对方大声嚷道。"那么,我又是谁呢?"K仍然冷静地问。停了一会儿,同样的声音带着同样的发音缺陷说话了,但是却像另一个更低沉更威严的声音:"你是老助手。"

K回味着这个声调,差一点没有听见对方的问话:"你有什么事?"[2]他真想把电话挂上。他再也不想从这次通话中有所收获。他只是迫不得已赶紧问道:"我的主人什么时候能到城堡去呢?"回答是:"任何时候都不行。""好吧。"K说完就挂上电话。

他后面的那些庄稼人已蹭到他面前。他的助手一面忙于不让他们靠近他,一面用眼瞟他。看来这只是一场滑稽戏。那些庄稼人对通话的结果感到满意,便慢慢往后退去。这时有一个人分开人群快步走来,在K的面前鞠了一躬,递给他一封信。K把信拿在手里,注视着这个人。眼下对他来说此人似乎更重要些。这个人跟那两个助手非常相似,他跟他们一样身材修长,穿了一身同样紧巴巴的衣服,也像他们那么身手灵活,但是他却与他们完全不同。K倒宁愿要他做助手! 他使K隐隐约约地想起在制革匠家里看到的那个怀抱婴儿的女人。他穿得几乎一色白，衣服并不是绸子的，那是跟别人一样的冬装，却有丝绸衣服那样的柔软和庄重。他的面孔开朗而直爽，一双眼睛很大。他的笑容使人愉快；他用手摸了摸脸，似乎想把这种笑容驱散，但是没有做到。"你是谁？"K问。"我叫巴纳巴斯，"他说，"我是信差。"他说话时嘴唇一张一闭，颇有男子汉的气概，却也很温柔。"你喜欢这儿吗？"K指着那些庄稼人问。他们一直还没有减少对他的兴趣，站在那儿望着他，一张张极度痛苦的脸——他们的脑袋看起来好像顶上被打扁了似的，是因为挨了打而疼得难受的那种面部表情——，张着嘴巴，噘起厚嘴唇，可又不是盯着他看，因为他们的目光常常转移开去，落在屋子里某一样无关紧要的东西上，然后再转回来。接着K又指给他看那两个助手，这两个家伙正搂抱在一起，脸贴着脸微笑着，这种微笑究竟是表示恭顺还是嘲讽，那就不得而知了。他指给他看所有这些人，仿佛是在介绍一群由于特殊情况而强加给他的随从,并指望——这是一种亲近的表示,而K很看重这一点——巴纳巴斯永远会把自己跟他们区别开来。可是巴纳巴斯——显而易见十分天真——毫不在意这个问题,犹如一个有教养的仆人听凭主人只是随便说什么而并不放在心上那样,只是顺着K的问话扫了一眼,向庄稼人中间的熟人招手致意,并同那两个助手交谈了几句,这一切都是独立自由进行的,并不和他们搅和在一起。K虽然没有得到答复,但并不感到羞辱,重新拿起手里的信打开来看。信里写道:"尊敬的先生:如您所知,您已受聘为伯爵老爷效劳。您的顶头上司是本村村长,有关您的工作和工资待遇等一应事宜将由他通知您,您对他负责。尽管如此,我也将密切关注您。本函递送人巴纳巴斯将经常去向您了解您有何需求并向我报告。只要能办到,我将永远乐于为您效劳。我很重视使工作人员都感到满意。"下面的签名无法辨认,但签名旁边盖了一个图章:某办公厅主任。"等一等!"K对向他鞠躬的巴纳巴斯说,接着他叫店主领他到一个房间里去,说他想独自研究一下这封信的内容。同时他又想到巴纳巴斯虽说已博得自己的好感,但他终究不过是个信差,于是便给他要了一杯啤酒。他注意看巴纳巴斯会怎样接受这杯啤酒,巴纳巴斯显然很高兴地接受了它并立刻喝了起来。然后,K就跟着店主走了。客栈的房子很小,只能向K提供一间小阁楼,即使这样,也造成了一些困难,因为有两个女仆一直住在那儿,得让她们挪走。实际上并没有做什么,只是把那两个女仆撵走而已,屋子仍一如既往毫无变化,惟一的一张床上没有床单、枕套等床上用品,只有几个枕头和一条粗羊毛毯,仍旧像刚起床时一样胡乱地放在那儿。墙上有几张圣像和军人的照片。屋子甚至没有通通风,显而易见,人们希望新来的客人不会久留,因此并没有留他住的意思。K倒没有什么意见，用毯子裹住身子，便在桌旁坐下，在烛光下再读一遍那封信。

这封信前后不一致，有的地方把他当做自由人，承认他自己的意愿，如称呼的方式、涉及他的愿望的地方。但是有些地方却公然或转弯抹角地把他当做一个小工人，那个主任几乎并不把他放在眼里，他要尽力"密切关注他"，他的上司只是村长，甚至还要对他负责，他惟一的同事也许是村警。这些毫无疑问都是前后矛盾的地方，这些矛盾是这样明显，因此一定是有意的。K难以想象这是摇摆不定造成的；针对这样一个机构，这样想是荒唐透顶的。相反地，他把这些矛盾看做是坦率地提供给他的选择，让他从信里的安排选择他所喜欢的一种，是愿意做一名乡村工人，同城堡保持着总算是特殊的但只是表面的联系，还是做一个名义上的乡村工人，实际上他的全部雇佣关系却由巴纳巴斯传递的消息来决定。K毫不犹豫地做出选择，即使没有经历过那些事情，他也不会犹豫。只有当一名乡村工人，尽可能远离城堡里那些老爷，他才能在城堡里有所收获。村里的这些人现在对他还疑神疑鬼，如果他成为他们的同村人，即使谈不上是他们的朋友，他们也会开始同他交谈，要是他一旦与盖斯泰克或拉泽曼难以区别——这一点必须很快做到，一切都取决于这一点——，那么，条条道路一下子都会向他敞开，如果仅仅依靠上面那些老爷和他们的恩典，所有的道路不仅会永远向他关闭，而且始终看不到。当然啰，这有危险，信里已充分强调这种危险，带着一定的喜悦心情描述了这种危险，似乎这是不可避免的。那就是当工人。效劳，上司，工作，工资待遇，负责，工作人员——信里大谈特谈这些，即使还谈到别的什么，谈到私人的事情，那也是从那种立场出发的。如果K愿意当工人，他就可以当工人，但是那就得完全当真，没有到别处去的任何希望。K知道并没有真正的强制，他也不怕这种强制，在这儿就更不怕了，可是使人气馁的环境的威力，习惯于失望的威力，每时每刻觉察不到的影响的威力，这些倒使他害怕，但是他必须敢于同这种危险作斗争。信里也没有故意不提，如果要进行斗争，K得有挺身而出的胆量；这一点说得很微妙，只有一颗焦躁的良心——焦躁而不是内疚——才能觉察，那就是提到他受聘为伯爵效劳时所用的"如您所知"这四个字。K已经报到了，从此以后，正如信中所说的，他知道他已被录用了。

K从墙上取下一幅画，把信挂在钉子上；他将住在这个房间里，这封信就应该挂在这儿。

然后，他下楼来到店堂里。巴纳巴斯和那两个助手坐在一张小桌旁边。"喔，你在这儿。"K说，没有什么缘由，只是因为见到巴纳巴斯心里很高兴。巴纳巴斯立刻一跃而起。K刚一进来,那些庄稼人就都站起来,向他靠拢;他们老是跟着他转,这已经成为他们的习惯了。"你们干吗老是跟着我?"K嚷道。他们并不生气,慢慢吞吞地踅回去,重新坐到自己的坐位上。有一个在踅回去时,脸上露出难以解释的笑容——有几个人也露出这样的表情——,随口说了一句话进行解释:"总是有一些新闻可以听嘛。"边说边舔嘴唇,仿佛新闻是一道菜似的。K没有说什么表示和解的话,他们对他有一点儿尊敬才对,可是他刚在巴纳巴斯旁边坐下,就感觉到有一个庄稼人在他身后喘气;那人说他是来拿盐瓶的,可是K却气得直跺脚,那个庄稼人也没有拿盐瓶就跑开了。要对付K确实很容易,比方说只消把这些庄稼人煽动起来反对他就行了,他们的胡搅蛮缠比别人的冷淡更使他觉得可恶,另一方面这种冷淡也真叫人烦恼,因为只要他坐到他们的桌子上去,他们肯定就不会留在那儿。只是因为巴纳巴斯在场,他才没有大吵大闹。但他还是转过身去怒视着他们，他们也转过身来望着他。他看到他们这样坐在那里，各人坐在自己的位子上，彼此并不交谈，也看不出有什么明显的联系，只不过全都盯着他看。他觉得他们老是跟着他并非出于恶意；也许他们真想从他那儿得到什么，只是说不出来，如果不是这样，那就也许只是天真，看来天真在这儿已司空见惯了。就说客栈老板吧，他双手捧着一杯应该给某一位顾客送去的啤酒，一动不动地站着看Ｋ，没有听见从厨房的小窗口探出身来的老板娘的呼喊，难道他不是也很天真吗？

　　Ｋ心情平静了些，转向巴纳巴斯；他很想把那两个助手支走，但找不到借口，再说他们正默默地瞅着他们的啤酒呢。"这封信我已经看过了。"Ｋ开始说。"你知道信的内容吗？""不知道。"巴纳巴斯说，他的眼神似乎比他的语言更能说明问题。也许Ｋ看错了巴纳巴斯的善良，就像看错庄稼人的恶意一样，可是见到巴纳巴斯总还是令人感到舒畅。"信里也提到了你，由你有时传递我和主任之间的消息，所以我想你知道信的内容。""我只是奉命送信，"巴纳巴斯说，"等你看完以后，如果你认为有必要，就把口头或书面答复带回去。""好吧，"K说，"不需要写信，请你向主任——他究竟叫什么名字？我看不清他的签名。""克拉姆。"巴纳巴斯说。"那就请你向克拉姆先生转达我的谢意，感谢他的录用和他的厚意。作为一个在这里还根本没有经受考验的人，我很珍视他这番厚意。我会完全按照他的意思去做。今天我没有什么特别的要求。"巴纳巴斯仔细听着，请K准许他把这口信复述一遍。K同意了，于是巴纳巴斯便一字不差地复述了一遍，然后便起身告辞。

K一直在端详他的脸，现在最后又打量一次。巴纳巴斯身高跟K差不多，可是他似乎居高临下地望着K，但几乎含有一种谦恭的神情，说这个人会羞辱任何人，那是不可能的事。当然，他仅仅是个信差，不知道他所传递的信件的内容，但是他的眼神、笑容和走路的姿势似乎透露一种信息，尽管他自己对此一无所知。K跟他握手道别，这显然出乎他意料之外，因为他本来只想鞠躬告退的。

他一走开——他在开门之前还把肩膀靠在门上呆了一会儿，向店堂里扫了一眼，并没有什么具体目标——K就对他的助手说："我到房间里去把笔记拿来，然后我们商量一下下一步工作。"他们想跟他一起去。"你们呆在这儿。"K说。他们仍然想跟他一起去。K不得不更严厉地重申了他的命令。巴纳巴斯已经不在走廊里了。可是他不过刚刚走出去。然而，在客栈门前——雪又在下了——K也看不见他了。他大声呼喊："巴纳巴斯！"没有回答。他是否还在客栈里？看来没有别的可能。尽管如此，K仍然使出全部力气呼叫他的名字。喊声在黑夜里震响。现在，从远处传来了微弱的回答声。巴纳巴斯已经走远了。K叫他回来，同时迎面向他走去；一直跑到客栈里的人看不见他们的地方，他们才碰上头。

"巴纳巴斯，"K说，禁不住声音发抖，"我还有事要对你说呢。如果我需要城堡办什么事，仅仅靠你偶尔来一次，我觉得这种安排不很妥当。要不是我现在碰巧还赶上了你——你跑得真快，我以为你还在屋子里呢——谁知道我得等多久才能再见到你。""你可以请求主任，"巴纳巴斯说，"让我总是按照你指定的时间到你这儿来。""那也不够，"K说，"也许我一年没有什么要说的，但是正好在你离开一刻钟以后却有什么紧急的事。""那么，"巴纳巴斯说，"是不是要我报告主任，在他和你之间应建立另一种联络来代替我呢？""不，不，"K说，"完全不是这个意思，我只是顺便提一下这件事，这一次我还算运气好，追上了你。""我们是否回客栈去,"巴纳巴斯说,"你就可以在那儿把新的任务交给我?"说着,他已经朝客栈的方向迈了一步。"巴纳巴斯,"K说,"不用了,我陪你走一段。""为什么你不愿去客栈?"巴纳巴斯问道。"那儿的人妨碍我,"K说,"你亲眼看见那些庄稼人纠缠不休。""我们可以到你的房间里去。"巴纳巴斯说。"那是女仆的房间,"K说,"又脏又闷;就因为我不愿意呆在那儿,我想陪你走一会儿。"为了彻底打消他的犹豫,K又加了一句:"你只要让我挽着你的胳膊,因为你走得比我稳。"说着,K就挽起他的手臂。这时天已经很黑,K看不见他的脸,他的身影也模糊不清,K摸索了一会儿才摸到他的手臂。[3]

巴纳巴斯让步了,他们离客栈越来越远。可是K觉得,自己纵然使出吃奶的力气,也赶不上巴纳巴斯的步子,还妨碍他自由活动;在通常的情况下,这种小事就会使一切都落空,更不用说走上午那样的小巷了,他曾陷在那儿的雪地里，只有靠巴纳巴斯背着才能出来。但是他现在并不存在这种担心，巴纳巴斯的沉默也使他感到宽慰；既然他们默默地往前走，那么对巴纳巴斯来说，也只有继续往前走本身才是他们在一起的目的。

他们往前走，可是K不知道是往何处去；他什么都辨认不出来，连他们是否已走过教堂也不知道。光是赶路就已很费力，所以他无法控制自己的思想。他的思想不是始终对准目标，而是被弄乱了。他的心头不断涌现出故乡的情景，充满了对故乡的回忆。在故乡，中心广场上也有一座教堂，周围有一部分是一片古老的墓地，墓地四周围着一道高墙。只有很少几个男孩曾爬上去过，K还没有能爬上去过。他们想爬上去并不是出于好奇，墓地在他们面前已不再有什么神秘了，他们经常从它的小栅栏门里跑进去过，他们只想要征服那道又高又滑的围墙。一天上午——空旷静寂的广场上阳光灿烂,在这以前或以后,K又何曾见过这样的美景?——他出人意外地轻而易举爬上了围墙;有一处地方他曾经在那儿滑下过多次,这一回他用牙齿叼着一面小旗,第一次攀登就成功了。碎石还在他脚下轱辘轱辘往下滚,而他已经站在围墙顶上了。他把旗子插在墙上,旗子迎风飘扬,他低头往下看并四下张望,还掉转头去看那些插在地里的十字架;此时此地没有一个人比他更伟大了。后来老师恰巧从这儿经过,以恼怒的目光把K赶了下来。K跳下来的时候把膝盖碰伤了,费了好大的劲儿才走回家去,可是他登上了围墙。当时这种胜利的感觉仿佛使他终生受用,这倒并不是很傻,因为现在事隔多年,在雪夜里挽着巴纳巴斯的臂膀时,这种感觉给了他很大的力量。

  他更紧地挽着巴纳巴斯的胳膊,巴纳巴斯几乎是在拖着他走,沉默没有打破。至于他们现在走的这条路,K从路面判断,只知道他们还没有拐进小巷。他发誓,不管路多么难走,甚至也不管自己对回去的路多么担心,他也决不停止前进。到头来能让别人拖着走的气力总还是足够的。难道路会没有尽头吗?白天城堡像是一个很容易达到的目标近在眼前,而且这个信差一定知道最近的捷径。

这时巴纳巴斯站住了。他们到了什么地方啦?前面已没有路了吗?巴纳巴斯要送走K吗?那他是做不到的。K把巴纳巴斯的胳膊抓得那么紧,几乎自己的手都疼起来了。要不就是发生了难以置信的事情,他们已经进了城堡或者到了城堡门口?但是,就K所知,他们并没有上坡呀。或者是巴纳巴斯领他走了一条觉察不到的上山之路?"我们这是到了哪儿啦?"K低声问道,更像是问自己,不像是问巴纳巴斯。"到家了。"巴纳巴斯同样低声说道。"到家了?""现在请留神,先生,不要滑倒。现在往下走。""往下走?""只有几步路了。"巴纳巴斯又说了一句,说罢就敲起一扇门来。

一个姑娘打开了门:他们站在一间大屋子的门口,屋里几乎是黑糊糊的,因为只有在左边后面一张桌子上方吊着一盏小油灯。"跟你一起来的是谁,巴纳巴斯?"姑娘问道。"土地测量员。"他说。"土地测量员。"姑娘提高嗓门儿向着桌子那儿重复了一遍。紧接着,那儿有两个老人,一男一女,站了起来,还有一个姑娘。他们向K问候。巴纳巴斯向他一一介绍,那是他的父母亲和两姐妹奥尔加和阿玛丽亚。K几乎看不清他们。他们取走了他湿漉漉的上衣,拿到火炉上去烤。K听之任之。

这么说,并不是他们到家了,而只是巴纳巴斯到家了。可是他们干吗要到这儿来呢? K把巴纳巴斯拉到一边,问道:"你干吗回家来? 莫非你就住在城堡区不成?""城堡区?"巴纳巴斯重复了一遍,好像不懂K的意思。"巴纳巴斯,"K说,"你不是要离开客栈到城堡去吗?""不,先生,"巴纳巴斯说,"我是想回家;我清早才去城堡,我从不在那儿过夜。""哦,"K说,"原来你并不想去城堡,只想到这儿来。"——他觉得他的笑容似乎更淡漠,他本人也更不显眼了。——"为什么你不早告诉我呢?""你没有问过我呀,先生,"巴纳巴斯说,"你只是要再给我一个任务,可你既不愿意在客栈的店堂里又不愿意在你的房间里说,于是我想,你可以在这儿我的家里不受干扰地说给我听。要是你下命令,他们都可以马上走开;要是你更喜欢我们这儿,你也可以在这儿过夜。难道我做得不对吗?"K无言以对,原来这是一个误会,一个低级的小误会,而K却完全为它所左右。巴纳巴斯身上穿的那件丝绸般闪闪发光的紧身外套曾使他着迷,现在巴纳巴斯解开外套以后露出了一件又粗又脏、满是补丁的灰色衬衫,衬衫里面是一个仆人宽阔结实的胸脯。周围的一切不仅与此相称,而且有过之而无不及。那位患着痛风病的年迈父亲，走起路来与其说是用两条僵直的腿慢吞吞地移动，还不如说是靠两只手在摸索前进，那位母亲两手交叉着放在胸前，由于身体肥胖，也只能迈着极小的步子。打从K进屋以后，这老两口子就从他们的角落里迎了上来，可是直到现在离他还远着呢。两个金发姐妹长得相像，也很像巴纳巴斯，只是面容比巴纳巴斯更严厉，是两个高大结实的少女，她们站在两个刚来的人周围，期待K向她们说一句问候的话，但K什么也说不出来；他曾以为，这个村子里的每一个人对他来说都很重要，情况也的确如此，惟独眼前这几个人他毫不放在心上。[4]如果他能独自回客栈去，他就会马上离开这儿。明天早晨同巴纳巴斯一起到城堡去的可能性，对他也毫无吸引力。他原本想现在在夜里由巴纳巴斯领着，人不知鬼不觉地闯进城堡去，迄今巴纳巴斯在他心目中比自己至今在这儿见过的所有人对自己都亲近，同时他也相信，巴纳巴斯同城堡关系密切，比他那可以看到的地位要高得多。可是，作为这个家庭的儿子，他完完全全属于这一家人，并且现在就同他们坐在一张桌子上，像这样一个典型的连在城堡里留宿都不允许的人，在大白天同他一起到城堡去，那是不可能的，简直是一种可笑而毫无希望的企图。

K在窗台上坐下，决心坐在这儿过夜，不再接受这一家人的任何其他照顾。村里那些撵他走或者害怕他的人在他看来倒不怎么危险，因为他们其实只是要求他依靠自己，有助于他集中自己的力量；而这些表面上帮助他的人，却通过一次小小的骗人把戏把他带到他们家里来，而不是领他到城堡去；他们转移他的目标，不管是有意还是无意，正在消耗他的精力。他全不理会这一家人邀请他一起进餐的呼唤，低着头，坐在窗台上不动。

于是，奥尔加，两姐妹中比较温柔的一个，

也流露出一点姑娘家的窘态,跑到K身边,请他就餐。她说,面包和熏板肉都已准备好,她还要去买啤酒。"上哪儿去买?"K问。"上客栈去买。"她说。这正中K的下怀。他恳求她别去买啤酒,而是送他去客栈,说他在那儿还有要紧的事要办。可是这时才弄明白,她并不是要走那么远,到他住的那家客栈去,她要去的是另一家客栈,离这儿近得多,叫贵宾饭店。尽管如此,K还是请她让他陪她去,心想也许在那儿能找到过夜的地方;不管那儿怎么样,他也宁肯住在那儿,不愿意睡在这一家最好的床上。奥尔加没有马上回答,回过头去望着桌子那边。这时她的弟弟站起来,乐意地点点头说:"既然这位先生想去,就带他去吧。"这一声同意,差一点使K撤回自己的请求;巴纳巴斯只会同意毫无价值的事情。可是,当他们现在在讨论人家是否会让他进那家客栈,大家都对此表示怀疑时,他倒坚持要去了,但并不费心去为自己的请求寻找一个可理解的理由；这一家人不得不由着他去，他在他们面前可以说不会感到害羞。只有阿玛丽亚那严肃、直率、坚定，也许还有点冷漠的眼光，才使他有一点儿不知所措。

在去客栈的短短的路上——K挽着奥尔加的手臂，奥尔加几乎就像早先她弟弟那样拖着他走，要不他就寸步难行——他了解到，这家客栈是专门为城堡里来的老爷服务的，他们到村子里来办事，就在那儿用餐，有时甚至在那儿过夜。奥尔加低声对K说着，就像知己好友一样。同她一起走是愉快的，几乎就像同她弟弟一起走一样。K极力抗拒这种舒适的感觉，但是这种感觉却始终存在。

从外表看，这家客栈很像K住的那家客栈。村里的房子外部根本没有什么大的区别，但一些细小的区别一眼就看得出来：这儿门前台阶上有一排栏杆，门上挂着一盏漂亮的灯。他们走进去的时候，有一块布在他们头上飘动，那是一面绣着伯爵彩色徽记的旗子。刚走进门厅，他们就碰见了客栈老板，他显然正在四处巡视；他在走过的时候用他那双小眼睛——既像是在审视，又像是昏昏欲睡的样子——打量K并说："土地测量员先生只能去酒吧。""当然啦，"奥尔加立刻帮K说，"他只是陪我来的。"可是K并不感激她，放开她的手臂，把客栈老板拉到一边，这时奥尔加耐心地在门厅的尽头等着。"我想在这儿住宿。"K说。"很抱歉，这不行啊，"客栈老板说，"看来您还不知道，这儿是专门为城堡里的老爷服务的。""也许是这样规定的，"K说，"可是让我随便在哪个角落里睡一夜，那准是办得到的吧。""要是能办到，我会非常乐意照顾您，"店主说，"且不说规定订得那么严格——您是外乡人才会这么说——，从另一方面考虑，这也办不到，因为那些老爷十分敏感；我相信，他们要是瞧见一个陌生人准会受不了，起码毫无思想准备；要是我让您在这儿过夜，偶然——而且偶然的事情总是发生在老爷们那一边——给他们发现了,那就不仅我完了,您本人也就完了。这听起来挺可笑,但却是真的。"这个身材高大、衣服纽扣扣得紧紧的先生,一只手撑着墙,另一只手撑着腰,两腿交叉着,向K微微俯下身去,推心置腹地对他说,似乎已不再是村子里的人,尽管他那身深色衣服仍然只像是庄稼人穿的节日服装。"我完全相信您的话,"K说,"我也根本没有低估这个规定的意义,虽然我说得不太聪明。我只是还想向您指出一点:我与城堡有着重要的关系,而且还会有更重要的关系,这能保证您不会因为留我在这儿过夜而冒任何风险,而且我向您担保,我能充分报答您的小小的关照。""我知道,"店主说,又重复了一遍,"这我知道。"现在K本来可以坚决地提出他的要求的,可正是店主的这个回答却使他分心,因此他只问了一句:"今天有很多城堡里来的老爷在这儿过夜吗?""就此而言,今天倒是挺有利的，"店主说，仿佛带着诱人的口气，"只有一位老爷留宿。"K一直觉得不能强人所难，但现在也希望自己差不离已被收留了，于是就只问了一下那位老爷的名字。"克拉姆。"店主随口说道，一面回头望着正窸窸窣窣地走来的妻子。她的衣服非常破旧，式样过时，缀满褶裥，然而做工考究，是城里人穿的。她是来叫店主的，因为主任大人要什么东西。店主在走开之前还转过脸望着K，仿佛留宿的问题不再由他本人，而是要由K来决定似的。但是K一句话也说不出，特别是恰巧他的上司在这儿这一情况使他惊呆了。他自己也说不清楚，为什么他在克拉姆面前不像在城堡其他人面前那么自在；若是在这儿被他发现，K虽然不会像店主那么害怕，但也会觉得不很合适，令人难堪，犹如他轻率地伤害一个他理应感激的恩人；同时，他看到，自己的这种忐忑不安心情显然已表明他所担心的当下属、当工人的后果，而且在这里,当这些后果明显表现出来的时候,他连抑制它们都做不到,这使他心情十分沉重。他就这样站在那里,咬着嘴唇,什么也没有说。店主在出去之前又回头看了K一眼。K望着他的背影,一动不动,一直到奥尔加走过来把他拉走。"你要老板干什么?"奥尔加问道。"我想在这儿过夜。"K说。"你不是住我们家吗!"奥尔加惊奇地说。"那当然。"K说,让她去琢磨这句话的意思。

Franz Kafka
Das erzählerische Werk

Das Schloss

第二章

酒吧是个大房间，中间完全空着，有几个庄稼人靠墙坐在酒桶的旁边和上面，不过他们看起来与K住的那家客栈里的人不同。他们衣着比较整洁划一，都穿着灰黄色粗布衣服，上衣宽大，裤子瘦小。他们身材矮小，乍一看长得都很相像，扁脸，颧骨高耸，面颊却是圆圆的。他们很安静，几乎一动也不动，只用目光盯着新来的人，但也是慢悠悠地、漠不关心地望着。尽管如此，由于他们有这么多人，又是这么安静，所以对K也产生了一定的作用。他重新挽住奥尔加的手臂，以此向那些人说明他为什么到这儿来。一个男人，奥尔加的熟人，在一个角落里站起来，想向奥尔加走来，可是K挽着她的手臂把她转到另一个方向去。除了她，谁也没有察觉，她笑眯眯地乜了他一眼，听之任之。

卖啤酒的是一个年轻姑娘，名叫弗丽达，那是一个不引人注目的小个子金发女郎，一对忧伤的眼睛，瘦小的脸蛋儿，但她的目光却使人感到意外，那是一种特别自负的目光。当她的目光落到K身上的时候，他觉得这一看就已解决了关系到他的事情，而他自己对这些事情是否存在尚一无所知，但她的目光又使他深信其存在。K从侧面不停地注视着她，就是在她同奥尔加说话的时候也盯着她。奥尔加和弗丽达看来不是朋友，她们只是冷淡地交谈了几句。K想打圆场，便突然问道："您认识克拉姆先生吗？"奥尔加哈哈一笑。"你笑什么？"K生气地问道。"我并没有笑呀。"奥尔加说，但是仍旧咯咯地笑着。"奥尔加还是一个傻里傻气的丫头。"K说着并向柜台弯下身子，想再次把弗丽达的目光牢牢地吸引到自己身上。但她还是眼睑低垂，低声说："您想见克拉姆先生吗？"K请求见他。她指了指左首的一扇门。"那儿有个小窥视孔，您能看见里面。""别人不会说闲话吗？"K问道。她噘起下唇，用一只非常柔软的手把K拉到那扇门前。这个小孔显然是为了观察的目的而钻出来的，从洞里几乎可以把整个邻室一览无余。

屋子中央有一张书桌，在桌旁一把舒适的圆靠背椅上坐着克拉姆先生，被一盏低悬在他面前的电灯照亮得刺眼。他中等身材，肥胖臃肿，脸上还没有什么皱纹，但是由于年龄关系两颊已有些下垂，黑色髭须留得很大，一副歪戴着的闪闪发光的夹鼻眼镜遮住眼睛。假如他端坐在桌前，那么K就只能看见他的侧影；但是，由于克拉姆已转过大半个身子对着他，他就看得见他的整个脸。克拉姆的左肘支在桌上，夹着一支弗吉尼亚雪茄的右手放在膝盖上。桌上放着一个啤酒杯，由于桌子边沿镶了高高的木边，K看不清桌上有没有文件，但是他觉得那儿好像是空的。为了保险起见，他叫弗丽达往洞眼里看一看,告诉他桌上有没有东西。她刚才进过这间屋子,因此可以立即告诉他桌上没有文件。K问弗丽达,他是不是该走开了,可是弗丽达说,他爱看多久就可以看多久。K现在单独和弗丽达在一起了,据他匆匆地断定,奥尔加已跑到她的熟人那儿去了,眼下正高高地坐在一只桶上摇晃着两条腿。"弗丽达,"K悄悄地说,"您跟克拉姆先生很熟吗?""啊,是的,"她说,"很熟。"她倚到K的身上,K现在才发现她在摆弄她那件领口开得很低的单薄的奶油色衬衣,这件衬衣穿在她那瘦弱可怜的身上似乎不太顺眼。接着她说:"您还记得奥尔加是怎么笑来着?""是呀,这个淘气的丫头。"K说。"喏,"她和解地说,"她这笑事出有因。您问我认不认识克拉姆,可我是……"说到这儿,她不由自主地稍微挺起身来,又用那种同她讲的话毫无关联的得意目光看了K一眼,"我是他的情妇呀。""克拉姆的情妇。"K说。她点点头。

"那么,"为了使气氛不至于变得太严肃,K笑嘻嘻地说,"对于我来说,您是一个可尊敬的人了。""不单是对您。"弗丽达友好地说,但是没有理会他的微笑。K有一个办法对付她的高傲,便施展了出来;他问:"您去过城堡吗?"可是这并没有起作用,因为她回答说:"没有去过,可是我在这儿的酒吧里,难道还不够吗?"她的虚荣心显然很强,而且似乎正想在K的身上来满足它。"当然啰,"K说,"在这儿酒吧,您就算是老板啦。""可不是,"她说,"开头我在桥头客栈当挤奶女工。""用这双娇嫩的手?"K半问地说,他自己也不知道他只是在奉承她呢,还是真的为她折服。她的一双手倒是又小又嫩,但也可以说是瘦弱的,微不足道。"那时没有人注意这个,"她说,"就是现在……"K疑惑地注视着她。她摇摇头,不愿再说了。"当然您有您的秘密,"K说,"您不会把它泄露给一个您才认识半个钟头的人,而且他还没有机会向您谈谈他自己的情况哩。"看来这句话说得可不太合适,它似乎把弗丽达从一种对他有利的迷糊状态中唤醒了。她从挂在她腰带上的皮包里拿出一个小木塞把那个小孔塞住,接着,为了不让K觉察她改变了主意,显然在克制自己的感情,对K说道:"至于您的事,我全都知道,您是土地测量员。"接着又说:"现在我得去干活了。"说罢便回到柜台后面她的位置上,这时人们陆陆续续拿着空杯子过来让她添酒。K想再和她谈谈,为了不引起别人的注意,便从架子上拿了一只空杯子走到她跟前。"我只再问一点,弗丽达小姐,"他说,"从挤奶女工升到酒吧女侍,这可是了不起的事,这得是一个出类拔萃的人,可是,对这样一个人来说,难道这就达到最终目的了吗?荒唐的问题。别笑我,弗丽达小姐,您的眼睛里流露出来的与其说是过去的奋斗,倒不如说是未来的奋斗,可是世界上的阻力是巨大的,目标越高,阻力也越大,因此获得一个渺小的、无足轻重的、但同样也在奋斗的人的帮助，这并不是什么不光彩的事情。也许我们能够不在众目睽睽之下，平心静气地谈一次。""我不知道您想干什么。"她说，这一次似乎违背了她的本意，她的声调流露出的不是往昔成功的得意心情，而是无穷尽的失望。"也许您想从克拉姆那里把我夺走？哎呀，我的老天爷！"说罢她便拍起手来。"您可真把我看透了，"K说，似乎因为人家太不信任自己而感到疲乏，"这正是我最隐蔽的意图。您应当离开克拉姆，做我的情人。现在我可以走啦。奥尔加！"K喊道，"我们回家吧。"奥尔加顺从地从桶上滑下来，但是没有能立刻从围着她的那些朋友中脱身出来。这时弗丽达用威胁的眼光望着K低声说："什么时候我能跟您谈谈呢？""我能在这儿过夜吗？"K问。"可以。"弗丽达说。"我现在就能留下来吗？""您先跟奥尔加一起走，我好把那帮人都轰走。然后，过一会儿您就可以来了。""好。"

K说，并不耐烦地等着奥尔加。但是那帮庄稼人不放她走，他们发明了一种舞，奥尔加是舞蹈的中心，他们围起圈跳舞，大伙儿一起每高喊一声，就会有一个人走向奥尔加，用一只手紧紧地搂住她的腰，把她旋转几次，轮舞的速度越跳越快，叫喊声如饥似渴，渐渐几乎成为惟一的一种吼叫，奥尔加原先还笑着想从圈子里冲出来，现在只是披头散发从一个人手里跟跟跄跄地转到另一个人手里。"我侍候的就是这种人。"弗丽达恼火地咬着薄嘴唇说。"他们是谁？"K问。"克拉姆的跟班，"弗丽达说，"他总是带这一帮人来，他们一来就弄得我心烦意乱。我几乎记不得我今天同您，土地测量员先生，说过什么话了；要是我冒犯了您；那就请您原谅，这应该怪那些人在场。他们是我见过的最下流最讨厌的人，可我还得给他们斟啤酒。我已多次求克拉姆别带他们来；我还得忍受其他老爷的跟班呢，他总得体谅体谅我吧，但是一切请求全部不管用,他们总是在他到来之前一小时就像牲口进圈一样一拥而入。可是现在他们真该回自己的窝里去了。要不是您在这儿,我就会把这扇门打开,克拉姆自己就会来把他们轰走。""难道他现在听不见吗?"K问。"听不见,"弗丽达说,"他睡着了。""什么!"K喊道,"他睡着了? 可我刚才从洞眼里望进去的时候,他还醒着坐在桌子前的呀。""他还一直这样坐着。"弗丽达说,"您看见他的时候,他就已睡着了。要是他没有睡着,我会让您往里看吗? 这是他的睡姿,老爷们都挺能睡的,这叫人不大明白。再说,如果他不是这样能睡,他怎么能受得了这帮家伙? 现在我得自己来轰走他们啦。"她从角落里拿出一根鞭子,纵身一跳就跳到跳舞的人群那里;她跳得很高而不很稳,就像一只小羊羔那样。起初他们转过身来面对着她,好像来了一个新舞伴,有片刻之久看上去也确实如此,仿佛弗丽达要放下手中的鞭子,但是她马上又把鞭子举了起来。"以克拉姆的名义,"她喊道,"回窝去!统统回窝去!"现在他们看到她是当真的,便带着一种对K来说无法理解的恐惧神色往后退去,在前面几个人的冲撞下,那儿有一扇门打开了,晚风吹了进来,所有的人连同弗丽达一起消失了,显然是弗丽达把他们从院子里轰到马厩里去了。

在现在突然出现的沉寂中,K听到从门厅里传来脚步声。为了设法掩护自己,他跳到柜台后面,柜台下面是惟一可以躲藏的地方。虽然并没有禁止他待在酒吧里,但因为他想在这儿过夜,那就得避免现在再让人发现。因此,当门真的打开的时候,他便轻轻地钻到柜台下面去了。在这儿被人发现,当然也并非毫无危险,但至少可以强词夺理,说他是为躲避那些发狂的庄稼人才藏起来的。进来的是客栈老板。"弗丽达!"他喊道,在屋子里来回走了几遍。

幸而弗丽达很快就回来了,她没有提到K,

只是抱怨那些庄稼人,抱着寻找K的目的走到柜台后面。她站在那儿时,K可以摸到她的脚,从这时起他就感到安全了。由于弗丽达没有提到K,店主最后不得不开口了。"土地测量员在哪儿?"他问。他大概本来就是个有礼貌的人,由于经常跟地位高得多的人比较随便地交往而变得很有教养,但是他在同弗丽达讲话时却采取一种毕恭毕敬的态度,尤其是由于他在讲话时仍然保持着雇主对雇员的身份,而且又是对一个轻狂的雇员,这种态度就更引人注目了。"我把土地测量员全给忘啦。"弗丽达说,一边把她的小脚放在K的胸膛上。"他准是早就走了。""可是我并没有看见他,"店主说,"在这段时间里我几乎一直待在门厅里。""他不在这儿。"弗丽达冷冷地说。"也许他藏起来了,"店主说,"根据我对他的印象,他是会做出这种事情的。""他大概还不至于有这胆量吧。"弗丽达说,并把她的脚更使劲地踩在K的身上。她具有一种快乐和爽直的个性,这是K以前丝毫没有察觉的,这时变本加厉到简直使人难以相信的地步,因为她忽然笑着说了一句:"也许他就藏在这下面呢。"说着她向K弯下腰,轻轻地吻了他一下,接着又跳起来,懊丧地说:"没有,他不在这儿。"但是,店主也使K吃了一惊,他说:"我不确切知道他走了没有,这叫我心里很不好受。问题不仅关系到克拉姆先生,还关系到那条规定。那条规定适用于您,弗丽达小姐,就像适用我一样。您负责酒吧,其他的房间我还会去搜查。晚安! 祝你睡个好觉! "还没有等他走出房间,弗丽达就已关掉电灯,钻到柜台下面K的身边。"我亲爱的! 我亲爱的心肝宝贝! "她悄声低语,但并没有碰K,宛似陶醉在爱情中不能动弹,仰面朝天地躺着,伸开双臂,幸福的爱情使得时间变得似乎无穷无尽,她唱起小曲,与其说是唱歌,倒不如说是在呻吟。[5]之后,由于K仍躺在那儿默默无言、心不在焉,她惊跳起来，开始像小孩子一样拽他："来吧，这下面简直闷死人了！"他们互相拥抱，她的娇小的身躯在K的手中燃烧着，他们在昏迷的状态中打滚，K不断地想使自己清醒过来，但是做不到。他们滚了几步远，砰的一声撞到克拉姆的房门上，[6]随后就躺在一摊摊啤酒和地面上的脏物中。时间一小时一小时地过去，在这段时间里，他们像一个人似地呼吸，两颗心像一颗心似地跳动，在这段时间里，K始终有一种感觉，好像自己迷了路，或是深入到了一个陌生的地方，在他之前还没有人到过此地，这个地方连空气的成分都和他故乡的空气不一样，一个人会因为陌生而透不过气来，可是在这种陌生的荒谬的诱惑下却又只能继续向前走，越陷越深。因此，当克拉姆的屋子里传出低沉、专横而又冷漠的声音喊弗丽达的时候，至少起先并不使K感到惊恐，而是令人欣慰地使他清醒过来。"弗丽达。"K在弗丽达的耳边说，告诉她有人喊她。

弗丽达出于一种简直是天生的服从本能想跳起来，但接着就想起自己是在什么地方，便伸直四肢，悄悄地笑着说："我才不去呢，我决不会到他那儿去。"K想表示反对，想催她到克拉姆那儿去，开始替她整理衬衣，但什么话也说不出来，把弗丽达抱在怀里，他太幸福了，但也幸福得太提心吊胆，因为他觉得，要是弗丽达离开他，他就会失去他的一切。弗丽达似乎由于他的首肯而鼓起勇气，攥紧拳头去敲门并喊道："我正陪着土地测量员呢！我正陪着土地测量员呢！"现在克拉姆倒是一声不响了，可是K站起来，跪在弗丽达身旁，在晨光熹微中东张西望。出了什么事啦？他的希望到哪儿去了？一切都已暴露，他还能从弗丽达那儿得到什么？他大敌当前，野心勃勃，却没有极其谨慎地步步向前推进，而是在这儿的啤酒潴中翻滚了一夜，那股气味现在还浓得熏人。"你这是干什么呀？"他自言自语，"我们俩全完了。""不，"弗丽达说，"只是我完了，可我却得到了你。安静些。你瞧瞧那两人笑的样子。""谁？"K问并转过身去。在柜台上坐着他那两个助手，因熬夜而有点疲倦，但心情愉快，这是一种因为忠实地履行职责而产生的愉快。"你们在这儿干什么？"K喊道，好像一切都怪他们。他四下寻找头天晚上弗丽达用过的那根鞭子。"我们不能不来找你，"助手们说，"因为你没有下楼到店堂里去找我们。后来我们到巴纳巴斯家去找你，末了还是在这儿找到了你。我们在这儿坐了整整一宵。这个差事还真不轻松。""白天我用得着你们，晚上又用不着你们，"K说，"统统给我滚开。""可现在是白天呀。"他们说，身子并不动窝儿。现在确实是白天，通向院子的门打开了，庄稼人连同被K早已忘得一干二净的奥尔加都拥了进来。奥尔加虽然头发乱蓬蓬的，衣衫不整，但仍像头天晚上一样活泼，走到门口她的眼睛就在寻找K。"你为什么不跟我一起回家?"她问,眼泪几乎夺眶而出。"为了这么一个婆娘!"她接着说,并且又重复了好几遍。弗丽达原先跑开了一会儿,现在拿着一小包衣服回来了。奥尔加伤心地退到一边去。"现在我们可以走了。"弗丽达说,显而易见,她的意思是他们应该到桥头客栈去。K同弗丽达走在前面,后面跟着那两个助手,这就是全部人马。那些庄稼人对弗丽达流露出极大的蔑视,这是理所当然的,因为迄今为止她一直是严格地控制着他们的;有一个人甚至拿起一根棍子,像是想不让她出去,除非她从棍子上面跳过去,但是她只是瞪了他一眼,就把他吓退了。到了外面雪地里,K舒了一口气。在户外,他感到如此幸福,这一次连赶路也不觉得那么劳累了;如果他是一个人,那还会更轻松一些。一到客栈,他马上走进自己的房间,躺倒在床上,弗丽达在旁边打地铺。那两个助手也挤了进来,但被轰走了,后来又从窗口爬了进来。K困得不想再去轰他们了。客栈老板娘特地上来欢迎弗丽达，弗丽达叫她"好妈妈"，她们又是亲又是长时间地拥抱，那种亲热劲叫人难以理解。这间小屋子里几乎没有片刻安宁，穿着男靴的女仆也时常噔噔噔地走进来送这取那。她们想从塞满种种东西的床上取什么东西时，就会毫无顾忌地从K的身子下面抽出来。她们向弗丽达问好，把她当做自己人。尽管这样乱哄哄的，K还是在床上睡了整整一天一夜。弗丽达帮他干一些零活儿。当他次日早晨神清气爽地终于起床的时候，这已是他到这个村子的第四天了。

Franz Kafka
Das erzählerische Werk

Das Schloss

第四章

他很想同弗丽达说说知心话，可是那两个助手死皮赖脸地守在跟前使他谈不成，而且弗丽达也时不时跟他们嘻嘻哈哈地开玩笑。他们倒并不讲究，在一个角落里用两条旧裙子打地铺。他们对弗丽达讲，他们的最大心愿就是不打扰土地测量员先生，而且尽量少占地方，为此他们想方设法——不过总是悄声说话和咪咪地窃笑——，如两手抱在一起，盘起腿，蜷伏在角落里，在暗淡的光线下看起来只像是一个大线团。尽管如此，K根据白天的经验遗憾地知道，他们是在聚精会神地观察，不管他们表面上儿戏似地用手当望远镜和干类似的傻事也好，也不管他们只是眯着眼睛瞟过来，似乎主要是在修饰自己的胡子——他们十分看重胡子，老是互相比谁的胡子更长更多，并请弗丽达评判——也好，他们始终盯着他。

K常常躺在床上看着这三个人的活动，完全无动于衷。

当他感到自己精神已恢复到能够起床的时候，他们都跑过来侍候他。他的身体还没有恢复到可以拒绝他们效劳的程度，他知道这样一来就会使自己陷入在某种程度上依赖他们的境地，有可能产生不良的后果，但他只好听之任之，吃饭时喝弗丽达端来的上好咖啡，在弗丽达生的火炉旁烤火取暖，让那两个助手忙碌而笨拙地上楼下楼给他打洗脸水，拿肥皂、梳子和镜子，最后还拿来一小杯朗姆酒，因为K曾稍许暗示过他想喝一杯——这一切倒也并不是令人不快的。

就在这发号施令、被人侍候的当口儿，K由于心情舒畅，倒不是希望会有效，便说："现在你们俩走开吧，我暂时不需要什么了，我想和弗丽达小姐单独谈谈。"他看见他们的脸上表情并不怎么反对，便又说了一句，作为对他们的补偿:"我们三人随后去村长那儿,你们在楼下店堂里等我。"奇怪的是,他们听从了他,只是在走开之前还说了一句:"我们也可以在这儿等呀。"K回答说:"我知道,可我不愿意。"

两个助手刚走开,弗丽达就坐到K的膝上,说:"亲爱的,你干吗讨厌这两个助手?我们在他们面前不该有什么秘密。他们忠心耿耿。"这使K感到不快,但是从某种意义上说也使他高兴。"哦,忠心耿耿,"K说,"他们不停地在窥视我,这是毫无意义的,但令人厌恶。""我相信我明白你的意思。"她说,搂住K的脖子,还想说什么,但是说不下去了;由于椅子紧挨着床,他们摇摇晃晃地滚到床上。他们躺在床上,但是不像头天晚上那样投入。他在寻找什么,她也在寻找什么,像发疯似的,做鬼脸,把头钻到对方的怀里寻找,他们拥抱,他们抬起身子,都没有使他们忘记而是提醒他们要去寻找;他们像狗拼命刨地那样抓住对方的身子;在一筹莫展和失望的情况下，为了还能得到最后的幸福，他们有时用舌头舔对方的脸。疲倦才使他们平静下来，使他们互相产生感激的心情。之后，女仆们也上楼来了。"瞧他们睡觉的样子。"一个女仆说，并出于同情扔了一条被单盖在他们身上。

后来K钻出被单向四面张望，看到——这并没有使他感到惊奇——那两个助手又蹲在他们的角落里，用手指着K，互相郑重地提醒对方，并向K敬礼；可是，除他们之外，老板娘正坐在紧挨着床的地方编织袜子，干这种细小的活儿与她那几乎遮住屋里光线的庞大身躯不太相称。"我已经等候半天了。"她抬起她那张大方脸说，她的脸上已有不少老人纹，但基本上还光滑，也许曾经很漂亮。这句话听起来像是责怪，不恰当的责怪，因为K并没有要她来。因此，他只是点点头表示听到并坐起来。弗丽达也起来了，但她离开了K，靠在老板娘的椅子上。"您想对我说的话,老板娘,"K心不在焉地说,"能不能推迟到我见过村长以后再说？我有要紧的事要跟他谈呢。""我这事更要紧,请相信我,土地测量员先生,"老板娘说,"您那件事可能只关系到工作问题,可这件事却关系到一个人,关系到我心爱的姑娘弗丽达。""原来如此,"K说,"那当然,只是我不知道为什么不让我们俩来处理这件事。""因为我爱她,关心她。"说着老板娘把弗丽达的头拉到自己身边,弗丽达站着也只能齐到坐着的老板娘的肩头。"既然弗丽达这样信任您,"K说,"那我也不能两样了。弗丽达刚才还说我的助手忠心耿耿,那么,我们就都是朋友啦。那我可以告诉您,老板娘,我认为最好是弗丽达同我结婚,而且马上就办。可惜,可惜我将不能弥补弗丽达为我而失去的一切:她在贵宾饭店的职位和克拉姆的友谊。"弗丽达仰起脸,热泪盈眶,没有一丝得意的神态。"为什么是我？为什么偏偏就挑上我呢？""你说什么？"K和老板娘同时问道。"她给弄迷糊了，可怜的孩子，"老板娘说，"这么多的喜事和祸事同时发生，把她都弄糊涂了。"犹如为了证实这句话似的，弗丽达现在扑到K的身上，狂热地吻他，仿佛屋子里没有别人在场一样，然后一面哭着，一面仍旧抱住K，跪在他面前。K一面用双手抚摩弗丽达的头发，一面问老板娘："看来您同意我的意见吧？""您是一位正派人。"老板娘说，声音中也含着眼泪，显得有点憔悴，呼吸困难，但是她仍鼓起劲头说，"现在要考虑的只有一点，那就是您得向弗丽达提出某种保证，因为尽管我很尊敬您，可您毕竟是个外乡人，没有一个人认识您，这儿没有人了解您的家庭情况，因此就需要有保证。您一定会理解的，亲爱的土地测量员先生，您自己曾提到，弗丽达由于与您结合终究也会失去许多东西。""不错，提供保证，当然，"K说，"最好当着公证人的面提出这些保证，可是伯爵的其他一些部门或许也会干预此事呢。再说我在结婚前还一定要办一件事情。我得同克拉姆谈一谈。""这是不可能的,"弗丽达说,稍许抬起身子,紧紧靠在K身上,"真是异想天开!""非谈不可,"K说,"要是我谈不行,就得你去谈。""我不行,K,我不行,"弗丽达说,"克拉姆决不会跟你谈的。你怎么能相信克拉姆会跟你谈呢!""他会同你谈吗?"K问。"也不会,"弗丽达说,"不会跟你谈,也不会跟我谈,这根本就办不到。"她转身向老板娘伸开双臂:"您瞧,老板娘,他在要求什么呀!""您真古怪,土地测量员先生。"老板娘说,这会儿她坐得更笔挺了,两腿分开,肥大的膝盖从薄薄的裙子下凸出,那副样子很可怕。"您所要求的事办不到。""为什么办不到呢?"K问。"这我会告诉您的。"老板娘说,她的口气使人觉得这一说明不像是最后一次帮忙,倒像是她已经在给以第一次惩罚,"这我很愿意告诉您。虽说我不是城堡里的人,而且只是一个女人,只是这儿一家最低级——不是最低级,但也差不离儿——的客栈的老板娘,因此您可能不太重视我的解释,可是我一生中见过世面,同许多人打过交道,独自挑起这家客栈的全副担子,因为我的男人虽然是个好小伙子,但他不是当客栈老板的料,他永远也不会懂得什么叫责任心。比方说,您现在呆在这个村子里,安稳舒适地坐在这张床上,这只怪他粗心大意——那天晚上我已经累得要垮了。""什么?"K问道,与其说是恼怒,还不如说是好奇心把他从一种精神涣散的状态中唤醒过来。"这只怪他粗心大意!"老板娘用食指指着K,又大声说了一遍。弗丽达想使她平静下来。"你想干什么,"老板娘迅急转过整个身子说,"土地测量员先生问我话,我必须回答他,否则叫他怎么明白对我们是理所当然的事呢:克拉姆决不会跟他谈话,我说'不会',我的意思是决不可能跟他谈话。您听我说,土地测量员先生！克拉姆先生是城堡里的一位老爷，单是这一点就表明他的地位很高，且不说克拉姆其他的职务。我们在这儿低三下四地求您同意结婚，可您究竟是什么人？您不是城堡里的人，又不是本村的人，您什么都不是。然而可惜您却有点儿名堂，一个外乡人，一个多余而又到处碍手碍脚的人，一个总是给人制造麻烦的人，一个占用女仆下房的人，一个不知道打什么主意的人，一个勾引我们最亲爱的小弗丽达、现在不幸我们不得不把她嫁给他的人。提到这一切，其实并不是要指责您。您就是您；我这一辈子见得多啦，我还能忍受这些。可是现在您想想看，您到底在要求什么，要克拉姆这样的人同您谈话！听到弗丽达让您从窥视孔里往里偷看，真叫我伤心，她这样干，就已经是被你勾引坏啦。不过您说说看，您看见克拉姆那副样子怎么受得了？您不用回答，我知道，您完全能看得下去。其实您也根本不可能真的看到克拉姆,这并不是我狂妄自大,因为我自己也不可能见到他。您要克拉姆同您谈话,可是克拉姆甚至对村子里的人也不说话,他本人还从来不曾同村子里的任何人说过话。他至少常喊弗丽达的名字,她能随意对他讲话,并且准许她从窥视孔里看他,这是弗丽达的莫大的荣耀,我至死都会对此感到骄傲,可是他也没有同她说过话。至于他有时喊弗丽达,这并不一定就像人们爱说的那样有什么意思。他无非就是喊'弗丽达'这个名字——谁知道他有什么意图呢?——弗丽达自然赶忙跑去,这是她的事,她可以畅行无阻地跑去见他,那是克拉姆一片好心,可是人们不能说就是他把她喊去的。当然,现在这一点也永远完啦。也许克拉姆还会喊'弗丽达'的名字,这是可能的,可是他肯定不会再让她——一个与您交往的姑娘——到他那儿去了。我这个可怜的脑袋就只有一点,只有一点弄不懂,被公认为克拉姆的情妇——顺便说一句,我认为这是一个非常夸大的名称——的姑娘怎么会让您哪怕只是碰一下她。"

"不错,这真奇怪,"K说,并把弗丽达拉到自己怀里,她立刻顺从了,尽管低着头,"可是这证明,我相信,其他一切也并非完全都像您所想的那样。比方说,您说得完全对,我在克拉姆面前微不足道;现在我还要求同克拉姆谈话,连您的解释也没有使我改变主意,那么这还不是说,中间不隔着一道门我也能忍受克拉姆的那副样子,他一露面我是否就会跑出屋子。不过,这种担心尽管有根有据,但对我来说还不能成为不敢去试一试的理由。如果我能在他面前坚持下来,那就根本用不着他同我谈话,听到我的话对他起了作用,这就够了,如果我的话没有起什么作用,或者他根本没有听,那我也得到了这个好处:在一个有权有势的人的面前毫无顾虑地讲过话了。您,老板娘,凭您这么通达人情世故，还有弗丽达，昨天还是克拉姆的情妇——我看不出有什么理由要放弃这个字眼——一定能够轻而易举地给我弄到一次同克拉姆谈话的机会；如果没有别的办法，那就在贵宾饭店，也许他今天还在那儿呢。"

"这是不可能的，"老板娘说，"我看您无法理解这一点。不过您说说看，您究竟想同克拉姆谈什么？"

"当然是谈弗丽达的事啦。"K说。

"谈弗丽达的事？"老板娘不解地问，并向弗丽达转过身去。"你听到没有，弗丽达，他，他想同克拉姆，同克拉姆谈你的事。"

"啊，"K说，"老板娘，您是一个非常聪明、令人尊敬的女人，可是任何一件鸡毛蒜皮的事情都会使您吃惊。是的，我想同他谈谈弗丽达的事，这并没有什么可大惊小怪的，这是明摆着的。要是您以为从我出现的那一刻起，弗丽达对克拉姆来说就变得无足轻重了，那您也肯定错了。要是您这样以为,那您就低估了他。我深深感到,在这一方面我想教训您,那真是不知天高地厚,但我又不得不这样做。克拉姆同弗丽达的关系不可能因为我而发生任何变化。要么过去他们两人之间并不存在什么了不起的关系——那些剥夺弗丽达情妇尊称的人其实就是这么说的——,那么,今天也就不存在这种关系;要么过去是有那么一种关系,那么,这种关系怎么可能因为我——您说得很对,在克拉姆的眼里一个微不足道的人——而受影响呢。一个人在惊恐之余开始时会相信这种事情,可是稍加思考就一定会纠正这一点。再者,还是让我们听听弗丽达的意见吧。"

弗丽达的目光扫视远处,脸颊贴在K的胸前,说:"妈说的一点不假:克拉姆不愿再理我了。不过当然并不是因为你来了,亲爱的,使他震惊的不可能是这种事情。而我相信,我们在那儿柜台下相会,这一定是他安排的;应当赞美而不是诅咒那个时刻。""既然如此,"K慢慢吞吞地说,因为弗丽达的话说得很甜,所以他把眼睛闭上几秒钟,尽情体味她的话,"既然如此,那就更没有理由害怕同克拉姆谈话了。"

"真的,"老板娘由上而下看着K说,"您有时使我想起我的丈夫,您这牛脾气,您这孩子气,全同他一样。您来此地才几天,就以为什么都比本地人懂得多,比我这个老太婆,比在贵宾饭店见过听过那么多事情的弗丽达还懂得多。我并不否认,也有可能完全违反规章制度和常规而办成什么事情;我没有经历过这种事情,但是据说有这种例子,这是可能的;可是像您这样做,老是说'不,不',只相信自己的脑袋,听不进最善意的忠告,那肯定是不行的。难道您以为我在为您担心吗?您一个人的时候,我关心过您吗?要是那样,倒也不坏,就可以省掉不少麻烦。当时我对我的丈夫说起您的时候只说过一句话:'你给我离他远点。'要不是弗丽达现在也和您的命运牵连在一起,今天我也会离您远远的。我对您的关怀,甚至对您的重视,您得感谢她——不管您喜不喜欢。您不能一脚把我踢开,因为像慈母一样关怀照顾小弗丽达的就只有我一个人,您对我负有严格的责任。弗丽达可能是对的,所发生的一切都是克拉姆的意思;可是现在我对克拉姆一无所知,我永远不会同他谈话,对我来说,他是高不可攀的。可您坐在这儿,关照我的弗丽达,而您——我为什么要隐瞒呢?——又受到我的关照。是的,受到我的关照,因为您不妨试试,年轻人,如果我也把您从这幢房子里撵出去,您在这个村子里还能不能找到住处,哪怕是个狗窝也好。"

"谢谢,"K说,"这些都是肺腑之言,我完全相信。那么,我的身份就是那样不明不白,因此弗丽达的身份也是这样了。"

"不!"老板娘怒气冲冲地打断了他的话,"在这方面,弗丽达的身份同您的身份毫不相干。

弗丽达是我家的人,没有人能说她在这儿的身份不明不白。"

"好吧,"K说,"我承认您这话也不错,特别是因为弗丽达好像很怕您,连插一句嘴都不敢,我不明白是什么缘故。那我们暂时只谈我吧。我的身份完全不明不白,这一点您并不否认,而且还极力证明它。正如您所说的,您这番话也只是大部分正确,但并非完全正确。比方说,我就知道我能找到一个很不错的住所。"

"在哪儿?在哪儿?"弗丽达和老板娘异口同声地喊道,神态都是那么迫切,似乎她们的提问都怀着同样的动机。"巴纳巴斯家。"K说。

"那帮无赖!"老板娘嚷道,"那帮老奸巨猾的无赖!巴纳巴斯家!你们听听……"她朝那个角落转过脸去,可是那两个助手早已离开那儿,正手挽手地站在老板娘身后。现在,她像是需要一个支撑点似的,抓住一个助手的手,"你们听到没有,这位先生在何处鬼混?巴纳巴斯家！当然，他能在那儿找到住处，咳，要是那天晚上他不在贵宾饭店，而是在那儿过夜倒好啦。可是你们那时候在哪儿呢？"

"老板娘，"K没有等那两个助手回答就说，"他们是我的助手，可您把他们当做好像是您的助手、我的看守了。在其他所有问题上，我都愿意至少客客气气地讨论您的看法，可是涉及到我的助手就不行，这一点道理很明显！因此我请您别同我的助手说话，要是我的请求还不够，那我就禁止我的助手回答您。"

"这么说，我不能同你们说话啦。"老板娘说，三人都笑了，老板娘带有嘲讽的意味，但比K预料的要温和得多，两个助手还是平常那副样子，既意味深长，又没有任何意义，不承担任何责任。

"别生气，"弗丽达说，"你要正确理解我们的激动。可以这样说，我们现在成为一家人，这只能归功于巴纳巴斯。当我在酒吧第一次见到你——你和奥尔加手挽手走进来——的时候,我虽然已经知道你的一些情况,但总的来说我对你是完全漠不关心的。唔,不光是对你,我几乎对一切,几乎对一切都漠不关心。那时候也有好多事情令我不满意,有些叫我恼火,可是那是什么样的不满和烦恼呀!比方说,有一个客人在酒吧里侮辱了我,他们老是跟着我——你见过那些家伙,可是来的人还有比他们糟得多的,克拉姆的跟班还不算是最坏的——,有人侮辱了我,那对我又有什么了不起呢?过去我觉得这好像是多年以前发生的事情,或者根本不是发生在我身上的事,或者我只是听说的,或者我自己已经忘掉了。可是现在我无法描述,甚至无法再想象这种事,自从克拉姆离开我以后,一切就全都变了。"

说到这里,弗丽达住了口,伤心地低下头,十指交叉放在膝上。

"您看,"老板娘嚷道,好像不是她本人在说话，而只是把她的声音借给弗丽达似的，她还向前挪近一些，现在紧挨弗丽达坐着，"您看，土地测量员先生，这就是您干的事，还有您那两个我不能同他们讲话的助手，让他们来看看也会得到教训。您把弗丽达从她所享有的最幸福的状态中拽了出来，您所以能够做到这一点，主要是因为弗丽达的孩子气般过分的怜悯心让她不忍心看着您拽住奥尔加的手臂，听任巴纳巴斯家摆布而不管。她救了您，却牺牲了自己。现在木已成舟，弗丽达为了享受能坐在您膝上的幸福，把什么都舍弃了，如今您倒打出这张大王牌，说什么您本来是可以在巴纳巴斯家过夜的。您大概是想以此证明您并不依靠我吧。一点不错，假如您真住在巴纳巴斯家了，那您就会完全不依靠我，您也就得立马离开我的屋子了。"

"我不知道巴纳巴斯这家人造了什么孽，"K说，一面小心谨慎地把好像没有一点生气的弗丽达抱起来，慢慢地把她放在床上，自己站了起来，"也许您的话是对的，可我要求您让我和弗丽达两个人自己来处理我们的事情，这也完全不错呀。刚才您说什么关心和爱护，可我在这之后并没有见到您表示了多大的关心和爱护，更多的却是怨恨和嘲讽，再就是下逐客令。如果您存心要弗丽达离开我，或者要我离开弗丽达，那倒是干得相当巧妙，不过我相信您不会成功，如果您成功了，那您也会——请允许我也来发出不明确的威胁——非常后悔的。至于您给我的房子——您指的只能是这间讨厌的破屋子——，那也完全说不上是出于您自己的心意，更确切地说，看来对此伯爵当局有所指示。我现在要去通知他们说这儿要撵我走，要是安排我到别的地方去住，您一定会舒一口气，但我会更轻松的。现在我要去找村长谈一些事情；请您至少照看一下弗丽达，您那些可以说是慈母般的长篇大论已把她折腾得够瞧的。"

说罢他向两个助手转过身去。"走吧。"他说，从钉子上取下克拉姆的信想走。老板娘一直默默地望着他，等他的手已放在门把上时才说："土地测量员先生，我还有几句临别赠言给您，因为不管您说什么，也不管您怎样冒犯我这么一个老太婆，您终究是弗丽达未来的丈夫。只是为了这个缘故，我才对您说，您对本地情况毫不了解，听了您说的话，再把您的话和想法在脑子里同实际情况比较一下，真叫人晕头转向。这种无知不是一下子就能纠正的，也许根本就无法纠正；可是只要您稍许相信我一点儿，时刻不忘这种无知，许多事情就有可能好转。这样您就会比方说马上对我公正一些并开始意识到，当我得知我最亲爱的小女孩可以说为了一只蛇蜥而放弃了一只鹰，而实际情况还要糟得多的时候，我简直吓蒙了——现在我还心惊胆战——，我得一个劲儿地设法忘掉此事，否则我就无法平心静气地同您谈话。啊，现在您又生气啦。不,您先别走,只再听一听这个请求:不论您去哪儿,始终要记住您在这儿是最无知的人,您得小心谨慎;在我们这儿,有弗丽达在就不会让您受到伤害,您尽管把心里话一股脑儿都讲出来,在这儿,比如您可以向我们表明您打算怎样去同克拉姆谈;只是实际上,只是实际上,请,请您别这么做!"

她站起来,激动得脚步有点晃悠,走到K的跟前,握住他的手,恳求地望着他。"老板娘,"K说,"我不明白您为什么为这样一件事屈尊来求我。要是像您所说的那样,我不可能同克拉姆谈话,那么,不管您求不求我,反正我是做不到的。但是,如果我能够同他谈话,那我干吗不干呢,特别是这样一来就推翻了您反对的主要理由,您的其他担心也就很成问题了。当然,我无知,无论如何这是事实,这使我很伤心;可这也有好处,那就是无知者胆更大,因此,只要力所能及,我愿意再忍受一会儿这种无知及其肯定严重的后果，这些后果主要只会影响我，因此我尤其不明白您为什么要来求我。至于弗丽达，您肯定会永远照顾她的，如果我完全从弗丽达的视野里消失，您只会把这看做是一件大好事。那么，您担心什么呢？您不会是——一个无知的人觉得什么都是可能的，"说到这里，K就打开了门，"您不会是为克拉姆担心吧？"老板娘默默地目送着他匆忙跑下楼去，后面跟着他的助手。

Franz Kafka
Das erzählerische Werk

Das Schloss

第五章

同村长的会谈没有煞费周章,这几乎使K感到惊奇。对此他试图这样去解释:根据他迄今的经验,同伯爵当局正式打交道对他来说十分容易。这一方面是由于显然官方曾经就如何对待他的问题一劳永逸地发出过一个表面上对他十分有利的明确指示,另一方面是由于办理公事的那种值得钦佩的一元性,他猜想这种制度尤其在人们看不见它存在的地方表现得特别完善。有时只要一想起这些事情,K就不免以为自己的处境令人满意,尽管他在产生这种满意心情后总是很快告诫自己,危险恰恰就在这里。

同当局直接打交道并不太困难,因为当局不管其组织多么严密,永远只是以遥远而不可见的老爷们的名义维护遥远而不可见的事情,而K却在为近在眼前的事情、为自己而斗争;而且,至少在开始的时候是主动的,因为他是进攻者；不仅仅他一个人在斗争，而且显然还有他不知道但根据当局的措施来看他相信其存在的其他力量在斗争。但是，由于当局一开始就在一些无关紧要的事情——至今都是一些鸡毛蒜皮的事情——上迁就了他，因而就夺去了他轻而易举赢得小胜利的可能性，从而也夺去了他随之而来的满足感和由此而产生的进行新的更大斗争的有根据的自信。相反，他们让K爱上哪儿去就上哪儿去，当然只限于村子内，就这样纵容他，消耗他的精力，完全排除任何斗争，把他放到非官方的、完全不明不白的、异样的生活中去。这样下去，如果他不时刻提防，尽管当局是那么和蔼可亲，尽管他充分履行一切轻松得过分的官方义务，但也有可能发生这种情况：被自己所受到的虚假恩宠所迷惑，在日常生活中不小心谨慎，使得他在此地垮了下来，而当局还是那么温和友善，仿佛违背自己的意愿，但碍于某条他所不知道的公共条例，不得不把他弄走。那种日常生活，在这儿到底是什么呢？K还从来没有见过什么地方像此地这样公务和生活如此紧密地交织在一起，结合得如此紧密，有时可能使人觉得公务和生活已经错位。例如，克拉姆对K的工作行使的权力到现在为止只是一种形式，与克拉姆在K的卧室里实际上拥有的权力相比，那又算得了什么？于是便发生了这样的情况：在这方面可以采取一种比较漫不经心的做法、某种放松的态度，只消直接面对当局就行，而在其他方面却必须总是特别小心，每走一步都得先瞻前顾后、左顾右盼。

K首先在村长那里完全证实了他对此地当局的看法。村长是个和蔼可亲的胖子，胡子刮得很干净，正患着严重的痛风病。他在床上接见K。"您就是我们的土地测量员先生啰。"他说，想坐起来表示欢迎，但是坐不起来，便又倒在枕头上，抱歉地指了指他的腿。那间屋子的窗户很小，而且又遮上窗帘，所以光线很暗，朦胧中一个不声不响、几乎像影子般的女子给K搬来一把椅子放在床前。"请坐,请坐,土地测量员先生,"村长说,"告诉我,您有什么要求。"K把克拉姆的信读给他听,同时加上几句议论。他又一次感到同当局打交道非常容易。他们简直可以肩挑任何重担,什么都可以让他们承担,自己轻松自在,什么都不用管。村长似乎也有同感,他在床上不舒服地转来转去,最后说:"土地测量员先生,就像您已看出的那样,这件事我全都知道。我自己还没有作出任何安排,其原因一是我生病,二是您姗姗来迟,我已认为您不干了呢。可是现在承您大驾光临寒舍,我自然必须把令人不快的全部真相告诉您。如您所说,您已被录用为土地测量员,可是很遗憾,我们并不需要土地测量员。这儿根本用不着土地测量员。此地小块地产的界线都已划定,全都已登记在案。很少出现变更产权的情况,小的地界争端我们自己会解决。那我们还要土地测量员干什么？"K虽然从前对此没有想过，但他内心深信他已料到会得到类似的通知，[7]正因为如此，他才能立刻说："这使我深感意外。这使我的算计全都落空了。但愿这是发生什么误会了。""可惜不是，"村长说，"事实就像我说的那样。""可是这怎么可能呢？"K喊道，"我千里迢迢来到此地，并非为了现在又让人给打发回家！""这是另一个问题，"村长说，"这不是我所能做主的，不过这次误会怎么会发生，这我倒能向您说明。在伯爵当局这样大的衙门中有可能偶尔发生这一部门规定这件事，另一部门规定那件事而互不通气的情况，上级的监督尽管十分严密，但由于其性质的缘故来得太晚，因此总还是会出现小小的差错。当然，那只是一些鸡毛蒜皮的小事，例如像您这种情况。在重大的事情上，我还没有听说发生过差错，不过小事也常常使人够难堪的啦。现在就您的情况而言，我愿意坦率地把事情的来龙去脉讲给您听，不保守公务秘密——我也够不上是公务员，我是庄稼人，将来也永远是庄稼人。很久以前，那时我当村长才几个月，上面来了一道命令，我记不起是哪个部门的了，这道命令以上面老爷们所特有的那种断然方式通知我们招聘一名土地测量员，并指示村公所准备好他的工作所需要的一切图表。这道命令自然不可能与您有关，因为那是多年以前的事了，要不是我现在生病，有这么多的工夫躺在床上想这些最可笑的事，我就不会想得起来。""米齐，"他突然停下来，对那个一直还在房间里晃来晃去不知在干什么的女人说，"请你到那个柜子里找找看，说不定能找到那道命令。"他向K解释道："那是我上任初期的事，那时我还什么都保存。"那个女人立刻打开柜子，K和村长都看着。柜子里塞满了文件。柜门打开时有两大捆文件滚了出来，那些文件都捆成圆圆的一捆，就像人们平时捆木柴一样；那女人惊恐地跳到一边去。"也许在下面,在下面。"村长在床上指挥着说。女人顺从地用两只手把文件全都从柜子里抽出来,以便寻找下面的文件。现在文件堆满了半间屋子。"办了不少事啊,"村长点点头说,"这只是一小部分。主要的文件我都存放在谷仓里,不过绝大部分都已经丢失了。谁能把这一切都收藏在一起呢?可是谷仓里还有不少。"说罢,他又转过去对他的妻子说:"你找得到那道命令吗?你得找一份在'土地测量员'这几个字下面划蓝线的文件。""这儿光线太暗,"女人说,"我去拿一支蜡烛来。"说着便踩着文件走出屋去。"办理这些麻烦的公事,"村长说,"我的妻子是我的得力助手。而这些事只能捎带着搞。我还有一个助手帮我抄抄写写,就是那位小学教员,可尽管这样还是应付不了,总有许多事情来不及处理,这都搁在那个柜子里,"他指着另一个柜子,"现在我病了,那就更是越积越多了。"他说,疲倦而又得意地往后躺下。K

看到女人已拿来蜡烛,这时正跪在柜子前面寻找那道命令,便问:"我能帮您夫人找吗?"村长摇摇头微笑着说:"我对您说过,我对您不保密;可是让您本人查看这些文件,我可不能做得这样过分。"现在房间里变得静悄悄的,只听见翻阅文件的窸窣声,村长也许甚至还小睡了一会儿。有人轻轻地敲了一下门,K转过身去。这自然是那两个助手。他们总算受过一些教导,没有马上冲进屋来,起先只是从门缝中悄悄地说:"我们在外面太冷了。""是谁?"村长惊醒了,问道。"只是我的两个助手,"K说,"我不知道该叫他们在哪儿等我,外边太冷了,可是到这里来又使人讨厌。""他们不会打扰我的,"村长和善地说,"您就让他们进来吧。再说,我认识他们,是老相识了。""可是我讨厌他们。"K直率地说,把目光从那两个助手身上移到村长身上,又从村长身上移到助手们身上,发现这三人的笑容都一模一样,毫无二致。"你们既然来了，"接着他试探地说，"那就留下来，帮村长太太找一份在'土地测量员'这几个字下面划了蓝线的文件。"村长没有提出异议。不允许K干的事，倒允许这两个助手去干。他们马上就扑到文件堆上，可是他们更多是在文件堆里乱翻而不像是在找东西，只要一个拿起一份文件一个一个字母地拼读，另一个就会立即从他手里把文件抢过去。与此相反，那个女人跪在空柜前面，似乎已根本不再寻找了，至少蜡烛放在离她很远的地方。

"这两个助手，"村长得意地微笑着说，似乎这一切都是他一手安排的，可是谁也没有料到，"这么说，您讨厌他们，可他们是您自己的助手呀。""不，"K冷冷地说，"他们都是在这儿才跑到我身边来的。""什么，跑到您身边来的，"村长说，"您的意思是说，他们是派来的吧。""就算是派来的，"K说，"不过他们也可以说是从天上掉下来的，派他们来没有经过多少考虑。""这儿没有一件事情会不经过考虑就干的。"村长说，甚至忘了腿痛，坐了起来。"没有一件事情，"K说，"那么聘请我来又是怎么一回事呢？""聘请您来也是经过仔细考虑的，"村长说，"只是因为发生了一些不重要的情况，才把事情搞乱了。我要用文件来向您证明这一点。""文件找不到啦。"K说。"找不到？"村长喊道，"米齐，请快点找！不过没有文件我也能先把事情的经过讲给您听。对于我已提到的那道命令，我们感激地回答说，我们不需要土地测量员。可是这一答复看来并没有送回到原来的那个部门，我想把它叫做A，而是错误地送到了另一个部门B。因此，A部一直没有收到答复，可是不幸B部也没有收到我们的完整答复，是我们没有把文件的内容送去呢，还是中途遗失了——反正肯定不是在部里丢失的，这我敢保证——，总之，B部收到的只是一个装文件的信封，信封上只注明信封里实际上不幸已丢失的文件涉及聘请一名土地测量员之事。在此期间，A 部一直在等待我们的答复。关于这件事，他们虽然留有记录，但是正如这种情况可以理解常常发生，即使所有工作都安排得非常精确也在所难免，那个办事员以为我们会答复，然后他就去招聘土地测量员或者根据需要就这件事进一步同我们联系。因此他并未注意那份记录，把这件事情忘得一干二净。可是，这个公文信封在 B 部到了一位以办事认真出名的办事员手里，他叫索迪尼，是意大利人；连我这样一个知情人也不明白，像他这样一个干练的人才为什么只担任比较低的职务。这个索迪尼自然就把空信封退了回来，要求我们把文件补齐。如今，从 A 部第一次来函到现在，如果不说已有好几年，那也已有好几个月了；这可以理解，因为一件公文如果正常运转 —— 通常都是如此 ——，最迟一天之内就能送达有关部门，而且当天就得到处理；可是，万一送错了 —— 在完美的体制下，就得严格按照规定努力去彻底追查，否则就会找不到——，那么，那么时间当然就会拖得很长。因此，当我们收到索迪尼的通知时，我们对这件事只剩下一点模糊不清的印象了，那时候只有米齐和我两个人办公，小学教员还没有派给我，我们只保存最重要事情的文件副本。总之，我们只能含糊其辞地回答说，我们不知道招聘土地测量员之事，我们并不需要土地测量员。"

"可是，"说到这里，村长突然打住了，似乎自己过于热心，扯得太远了，或者至少是有可能扯远了，"这事您听了不感到无聊吗？"

"不，"K说，"我觉得挺有趣。"

村长接着说："我讲这事可不是给您消闲解闷的。"

"我觉得它有趣，"K说，"只是因为它使我看到，荒唐可笑的混乱有可能决定一个人的命运。"

"您还没有看到什么呢，"村长严肃地说，

"我可以给您继续讲。索迪尼对我们的答复自然不会满意。我佩服此人,尽管他给我带来麻烦。他对谁都不相信,比方说,即使某人同他打过无数次交道,他知道此人是最可信赖的人,可是下一次他就不相信他了,好像他根本就不认识他,或者不如说,好像他知道此人是个坏蛋。我认为这样做是对的,一个公职人员必须这样做;可是遗憾的是,我的天性使我无法遵守这条原则,您早就看到,我对您这个外乡人是多么坦率,把什么事都告诉您,我就是不能不这样做。索迪尼却相反,他对我们的答复马上就产生了怀疑。从此就书信来往频繁。索迪尼问我怎么忽然想到不用招聘土地测量员的。我借助米齐的好记性回答说,最早是办公厅提出的(实际上是另一个部门提出的,我们当然早就忘记了);索迪尼反驳道:为什么我到现在才提到这份公函;我回答说:因为我现在才想起来;索迪尼说:这事很奇怪;我说:事情拖得这么久,这一点儿也不奇怪;索迪尼说,这事确实奇怪,因为我记得那件公函没有了;我说:当然没有了,因为全部文件都丢失啦;索迪尼说:可是关于那第一封公函,一定会有一份记录的,现在却没有。这时我顿住了,因为索迪尼的部门居然会发生差错,我既不敢断言,也不敢相信。也许,土地测量员先生,您心里会责怪索迪尼,听了我这一番话,他起码应该考虑到别的部门去查问这件事。但要是这样,那就恰恰错了,我不愿您在这个人身上看到什么缺陷,即使您只是在心里想。当局的一条工作原则就是根本不考虑有任何差错的可能性。由于整个工作组织得尽善尽美,所以这条原则是有根有据的;如果要求以最快的速度处理事务,这条原则也是必要的。因此,索迪尼也许根本没有去向其他部门查询,况且他们也根本不会回答,因为他们马上就会发觉,这是在调查一个可能发生的差错。"

〔8〕"请允许我,村长先生,打断您的话,向

您提一个问题,"K说,"您先前不是提到过有一个监督机构吗？按照您说的话来看,整个体制是完美无缺的,怎么会没有监督呢？简直不可思议。"

"您十分严格,"村长说,"可是把您的严格增加一千倍,与当局要求自己的严格相比,您这种严格仍然算不上什么。只有一个十足的外乡人才会提出您那样的问题。有没有监督机构？监督机构有的是。不过,它们的任务并不是查出广义的差错,因为差错不会发生,即使偶尔发生一次差错,就像在您的事情上,可是谁又能肯定这是一个差错呢？"

"这真是闻所未闻！"K喊道。

"对我来说,这一点也不新鲜,"村长说,"我同您并无很大不同,我自己深信发生了差错,索迪尼非常难受,大病了一场。我们得感谢一级监督机关,他们发现了造成这一差错的根源,并且也认识到这个差错。可是谁能断言二级监督机关也会作出同样的判断，还有三级以及三级以上的监督机关也都会作出同样的判断呢？"

"也许是吧，"K说，"但我宁愿不介入这样的考虑，我也是第一次听说有这些监督机关，自然还不可能了解它们。但是我认为，这儿必须分清两回事：一是在这些机关内部发生的事，对此官方又能作出这样或那样的解释，二是我这个实际存在的人，我站在这些机关之外，受到他们侵犯的威胁，这种侵犯是那么荒谬，我一直还不能相信这种危险是真的。关于这一点，村长先生，您对情况非常熟悉，您说得头头是道，很有可能是对的，只不过我还想听您说一说我的事。"

"我也正要谈呢，"村长说，"可是，如果我不再介绍一些情况，您是不会理解的。现在我就提到监督机关，这还太早。所以我回过头来谈谈我和索迪尼的分歧。刚才说过，我的反对渐渐地变弱了。可是，只要索迪尼对谁占上风,即使是占最小的优势,那他就已胜利在握了。因为这时候他的注意力、干劲和机敏也都提高了,这时他对于受攻击者来说是很可怕的,对于受攻击者的敌人却是了不起的。只是因为我在其他事情上也经历过这后一种场面,所以我才能这样谈起他,就像我现在所做的。顺便说说,我还从来没有能见过他一面,他不能到下面来,他忙极了,听说他房间里靠墙都堆满了一捆捆摞在一起的公文,这些只是索迪尼正在处理的公文,由于不断地从这些文件堆中取出文件,放进文件,而且又都进行得十分匆忙,因此那些成堆的一捆捆文件就不断地掉到地上,正是这种持续不断的、一阵紧接着一阵的哗啦声成了索迪尼办公室的典型特征。是啊,索迪尼是个干事的人,不论事情大小,他都兢兢业业对待。"

"村长先生,"K说,"您总说我的事是最小的事,可是它让许多官员很操心,也许开头它是一件很小的事,可是通过索迪尼之类官员的勤奋,它已经变成一件大事了。很遗憾,这完全违背我的意愿,因为我的抱负并不是让那一卷卷关于我的公文堆积成山并又哗啦啦地倒下来,我只想当一个小小的土地测量员,在小绘图桌上安静地工作。"

"不,"村长说,"这不是什么大事。在这方面您没有理由抱怨,它是小事情中的最小事情之一。一件事情重要不重要,并不取决于它的工作量;要是您这样想,那您就很不了解当局。即使就工作量而言,您的事也是最微不足道的事之一;一般的事,也就是那些没有发生所谓差错的事,则需要进行多得多的、当然也有效得多的工作。再说,您还毫不了解您的事所引起的真正的工作,现在我才愿意讲给您听。后来,索迪尼先不让我过问此事,可是他手下的官员来了,每天都在贵宾饭店对村里的头面人物进行查询并记录在案。大多数人都站在我一边,只有少数几个人产生了疑心；土地测量是个会使庄稼人情绪激动的问题，他们察觉到这里面有什么阴谋和不公正行为，他们还有一个领头的，索迪尼从他们的陈述中必然会得到这样的信念，即如果我把这个问题提给村委会讨论，那就不会是所有的人都反对聘请一名土地测量员。[9]因此，一件不言而喻的事情——即不需要土地测量员——结果至少变成了一件可疑的事。这方面有一个名叫布龙斯维克的人尤为突出——您大概不认识他——，也许他这人并不坏，只不过很傻，喜欢想入非非，他是拉泽曼的连襟。"

"制革匠的连襟？"K问，并把他在拉泽曼家里看到的那个长着络腮胡子的人形容了一番。

"对，就是他。"村长说。

"我也认识他的妻子。"K有点随便地说道。

"那倒可能。"村长说罢就沉默下来。

"她很漂亮，"K说，"但脸色有点苍白，病恹恹的。她是城堡里来的吧？"这句话一半带着询问的口吻。

村长看了看钟,向汤匙里倒了药,匆匆吞了下去。

"您大概只了解城堡里的办公设施吧?"K粗暴地问。

"是的,"村长说,脸上带着一丝嘲讽而又感激的微笑,"这也是最重要的。至于布龙斯维克:要是能把他逐出村子,我们几乎全都会感到高兴,拉泽曼也不会不高兴。可是那时龙布斯维克颇有一些势力,他虽然不是演说家,但是爱大声嚷嚷,这一点也使某些人感到满意。于是,我不得不把这件事提到村委会上去讨论,顺便说说,这只是布龙斯维克暂时的惟一的胜利,因为村委会的大多数自然不想聘请什么土地测量员。这也是几年以前的事了,但是从那时候起,这件事就一直没有止息过,部分是由于索迪尼的认真,他进行极其认真仔细的调查,想要摸清大多数人以及反对派的动机;部分是由于布龙斯维克的愚蠢和野心,他同当局有一些私人关系,他总是用他异想天开的新发现调动他们。可是索迪尼是不会受布龙斯维克蒙蔽的,布龙斯维克怎么能蒙蔽索迪尼呢?——但正是为了自己不受蒙蔽,就需要进行新的调查,而还没有等调查完毕,布龙斯维克就已又想出一些新花招,他这个人鬼点子很多,这与他的愚蠢有关。现在我谈谈我们官方机构的一个特点。与其准确性相媲美,它也极其敏感。有可能发生这样的情况:一件事情已经考虑了很久,尽管还没有考虑完,突然闪电般地从一个无法预见而且以后再也找不到的地方冒出了一个决定,使事情得到了结,尽管在大多数情况下是正确的,但仍然不免是武断的。好像官方机构再也忍受不了这种紧张,忍受不了同一件也许本身无足轻重的事的刺激,不用官员们的协助,就自己作出了决定。当然并不是出现了什么奇迹,肯定是某个官员写下了处理意见或者作了不成文的规定,但是不管怎样,至少是我们这儿,甚至连官方都无法确定究竟是哪个官员决定的以及出于何种原因。监督机构在很久以后才发现这一点,可我们就不会再知道,而且以后也不再有人还会对它感兴趣了。正是这些决定如上所述通常都是非常好的,惟一使人恼火的是,人们 —— 事情常常会造成这种结果 —— 知道这些决定时已为时太迟,因此在此期间人们仍然在热烈地讨论早已作出了决定的事情。我不知道在您的事情上是否有过这样的决定 —— 有些情况说明有,有些情况说明没有;可是,如果真的有过这样的决定,那么聘书就会早已给您送去,您就会千里迢迢来到此地,就会过去很长的时间,在此期间索迪尼还会一直在这儿为同一件事情忙得精疲力竭,布龙斯维克会搞他的阴谋诡计,我就会夹在中间两面受罪。我只是略提一下这种可能性,但我确定知道如下的情况:有一个监督机构在这期间发现,许多年以前A部曾就土地测量员一事向村里征求过意见，可是至今未曾得到答复。于是再次向我提出询问，这时候整个事情就真相大白了。A部满足于我的答复即不需要土地测量员，索迪尼不得不认识到此事不由自己主管，他干了那么多徒劳无益、大伤脑筋的工作，当然责任不在他，要不是新的工作从四面八方蜂拥而来，要不是您的事只是一件很小的事，几乎可以说是小事中的最小的事，我们大家也许都会松一口气，我相信即使索迪尼本人也会如此。只有布龙斯维克很恼火，但这只令人感到好笑罢了。可是，土地测量员先生，现在，在整个事情圆满地了结之后，而且打那以后又已过去很长时间，您突然出现了，看来好像这件事又要重新开始，您想想我会多么失望吧。就我来说，我下定决心无论如何不让这样的情况发生，这您大概会明白吧？"

"一点不错，"K说，"可我也更明白这儿有人在利用我做文章，也许甚至是在滥用法律。至于我，我是会进行反抗的。"

"您想要怎么做？"村长问。

"这我不能透露。"K说。

"我不想强迫您，"村长说，"只是请您考虑一下，我是您的 —— 我不想说是朋友，因为我们素不相识 —— 不过在一定程度上是一个事务上的朋友。我只是不能录用您当土地测量员；除此以外，您可以信赖我，有事尽管来找我，当然是在我掌握的不大的权力范围之内。"

"您总是说，"K说，"要不要录用我当土地测量员，可我已经被录用了。这是克拉姆的信。"

"克拉姆的信，"村长说，"这是很珍贵的、令人敬畏的，因为有克拉姆的签名，看来这签名是真的，不然 —— 我可不敢自己一个人对此发表意见。—— 米齐！"他喊道，接着又说，"你们在干什么呀？"

那两个好久没有被人注意的助手和米齐显

然没有找到那份要找的文件,之后想把所有的东西放回到柜子里去,但是因为文件又多又乱,所以放不进去了。于是,可能是那两个助手想出了什么主意,现在他们正在实现这个主意。他们把柜子平放在地上,把全部公文档案都塞了进去,然后和米齐一起坐在柜门上,现在想这样慢慢地把文件压进去。

"这么说,那份文件没有找到,"村长说,"真遗憾,不过您已经知道了这件事情的前前后后,其实我们不用再看这件公文了,再说文件肯定还会找到的,也许是在小学教员那儿,他那里还有很多文件哩。米齐,现在你把蜡烛拿过来,给我读一读这封信。"

米齐走过来,坐在床沿上,倚在这个身强力壮、生气勃勃的男人身上,男人用手搂着她,这会儿她显得更苍白、更不起眼儿了。在烛光下,只有她那小脸引人注目,脸上鲜明而严肃的线条只是因为上了年纪才变得柔和了。她刚一看到信就轻轻地双手合十。"是克拉姆的。"她说。说完他们两人一起读信,悄悄地咬了一会儿耳朵,最后——这时候那两个助手正高呼乌拉,因为他们终于把柜门关上了,米齐默默地感激地望着他们——村长说:

"米齐和我的看法完全一致,现在我可以说了。这封信根本不是一封公函,而是一封私人信件。这从信开头的那句称呼'尊敬的先生!'就可以清楚地看出来。此外,信里只字不提您当土地测量员的事,而只是泛泛地说什么为伯爵大人效劳,就连这一点也说得不很明确,'如您所知',您只是被录用了,这就是说,您已被录用的证据要由您来提供。最后,官方只让您来找我这个村长,让我作为您的顶头上司向您介绍一切详细情况,这基本上已经做了。对一个懂得怎样阅读公函因而也就会更好地阅读非官方函件的人来说,这一切是再清楚不过的了。您是外乡人,不懂得这点,并不使我感到奇怪。

总的说来，这封信的意思不过是，要是您被录用为伯爵大人效劳，克拉姆本人想要关心您。"

"村长先生，"K说，"这封信经您这样一解释，就只剩下一张白纸上的签名了。[10]难道您没有发现，这样一来您就贬低了您表面上很尊重的克拉姆的名字。"

"您误解了，"村长说，"我并没有看错这封信的意思，我的解释并没有贬低它，而是相反。克拉姆的私人信件自然比公函重要得多；只是它恰恰没有您给予它的那种意义。"

"您认识施瓦采吗？"K问。

"不认识，"村长说，"米齐，也许你认识他吧？你也不认识，不，我们不认识他。"

"这就怪啦，"K说，"他是城堡副总管的儿子。"

"亲爱的土地测量员先生，"村长说，"我怎么会认识所有城堡副总管的儿子呢？"

"好，"K说，"那么您就得相信我所说的他是城堡副总管的儿子。我来到此地的当天就跟这个施瓦采发生了令人不愉快的争吵。后来他打电话去问那个名叫弗利茨的城堡副总管，得到的答复是，我已被录用为土地测量员。这您又如何解释呢，村长先生？"

"很简单，"村长说，"您还从来没有同我们的当局有过接触。您的那些接触都是虚假的，可是您由于不了解情况，就把它当成真的了。至于电话：您看，我同当局打交道可说是够多的了，可是我这儿就没有电话。在客栈这样的地方，电话或许大有用处，就像一架自动奏乐器，也就仅此而已。您在这儿打过电话吗？打过吧？那您或许就懂得我的意思了。在城堡里，电话显然是挺管用的，听说那儿的电话整天响个不停，这当然大大地提高了工作效率。这种不断的电话，在这儿的电话机里听上去就像一种沙沙声和啾啾声，您一定也听过这种声音。可是，这种沙沙声和啾啾声却是这儿的电话机向我们传送的惟一真实可靠的东西，此外什么都是虚假的。我们和城堡之间没有专线联系，也没有总机接转我们的电话；从这儿打电话到城堡，那儿最低一级部门的所有电话机都会响起来，或者更确切地说，要不是——如我确切知道的那样——几乎所有电话机上的音响装置都被关掉的话，所有的电话机都会响起来的。不过，有时也会有某个疲惫的官员需要找一点儿消遣，尤其是在晚上或夜里，便把音响装置打开；这样我们就听到了回话，当然这回话不过是开玩笑而已。这也是很容易理解的。因为那儿的人整天匆匆忙忙地应付最重要的公事，有谁竟敢为了自己的私人小事打电话去惊动他们？我也不明白，连一个外乡人怎么都会相信，如果他打电话，比如说打给索迪尼吧，接电话的就真是索迪尼吗？很可能是别的部门的一个小秘书而已。另一方面，有人打电话给小秘书，接电话的却是索迪尼本人，这在特定的时刻也是有可能的。不过,碰到这种情况,最好是不等对方开口就跑开。"

"原来我可不是这样看的,"K说,"这些细节我无法知道;本来我也并不十分相信这些电话内容,我一直明白,只有直接在城堡里经历或实现的事才是真正重要的事。"

"不,"村长抓住一个字眼不放,说,"电话里的回答绝对很重要,为什么不重要呢?城堡里官员的话怎么会不重要?我在谈克拉姆的信的时候就已经说过这一点;信上的话全都没有官方的意义;如果您认为有,那就错了。另一方面,私人信件的内容无论是友好的还是恶意的,却又关系重大,往往比任何公函所能具有的意义更为重大。"

"好吧,"K说,"假定一切都是如此,那我在城堡里就有不少好朋友了;准确地说,许多年前,那个部门突然想起要请一位土地测量员,这对我是一种友好的行为,在这以后,友好行动一个接着一个，一直到后来，结局却不妙，我被骗到这里，现在又威胁要撵我走。"

"您的看法有一定的道理，"村长说，"您认为城堡的意见不能照字面去看，这一点您是对的。不过谨慎小心到处都是必要的，不仅是在这儿，涉及到的意见越重要，就越是要谨慎小心。可是您说，您是被骗来的，那我就难以理解了。如果您更仔细地听我说明，您就一定会明白，您应聘来此地的问题是个十分复杂的问题，不是我们在这里进行一次短短的谈话就能说清楚的。"

"那么惟一的结论就是，"K说，"一切都很模糊不清，无法解决，包括撵我走在内。"

"谁敢把您撵走呢，土地测量员先生？"村长说，"正因为搞不清您是不是被请来的，所以才保证您受到最好的礼遇，只是看来您过于敏感。这里没有人留您，但这并不是说要撵您走呀。"

"哦，村长，"K说，"您现在又把事情看得太清楚了。我给您举出几条让我留在这儿的理由：我作出牺牲，离乡背井，经过长途跋涉来到此地，由于受聘而对这儿怀着有根据的希望，我身无分文，如今不可能再在家乡找到其他适当的工作，最后，并不是无足轻重的一条是，我的未婚妻是本地人。"

"哦，弗丽达，"村长毫不感到意外地说，"我知道。不过不论您到哪里，弗丽达都会跟您去的。至于您提到的其他几点，这确实需要一定的考虑，我会向城堡报告的。如果有什么决定，或者事先需要再和您谈一次，我会派人找您来的。您同意吗？"

"不，绝对不同意，"K说，"我不想得到城堡的恩赐，我只要求得到我的权利。"

"米齐。"村长对他的妻子说。她一直紧紧依偎在他的身旁，心不在焉地摆弄着克拉姆的信，把它扎成一只小船。K惊恐失色，一把从她手里把信抢过来。"米齐,我的腿又疼得很厉害了,我们得换绷带了。"

K站起身。"那我就告辞了。"他说。"好吧,"米齐说,她已经准备好药膏,"过堂风也太大了。"K转过身去;他刚说完要告辞,那两个助手马上就把两扇门打开了,他们的干劲总是不合时宜。为了不让病人的房间受到正在大量涌入室内的冷空气的侵袭,K只好匆匆向村长鞠躬告别。然后,他拽住两个助手跑出屋子,迅速把门关上。

Franz Kafka
Das erzählerische Werk

Das Schloss

第六章

店主正站在客栈门口等他。K不问他,他是不敢开口的,因此K问他想干什么。"你找到新住处了吗?"店主眼睛看着地下问。"是你老婆叫你问的吧?"K说,"你大概什么事都听她的吧?""不,"店主说,"我并不是受她的嘱咐才问的。不过她为了你的缘故心情很激动、很难过,无法干活儿,躺在床上唉声叹气,埋怨个不停。""要不要我去看看她?"K问。"我求你去看看她,"店主说,"我已经到村长家去找过你,在门口听到你们正在谈话,我不想打扰你们,而且我也惦记着我的老婆,所以又跑回来了,可是她不愿意见我,我也没有别的办法,只好等你回来。""那么我们马上去吧,"K说,"我很快就会叫她平静下来的。""但愿你能做到这一点。"店主说。

他们穿过明亮的厨房,有三四个女仆彼此

离得远远的,正在干手头正要干的活儿,一看见K简直就愣住了。在厨房里就可以听到女店主的叹息声。她躺在一间用薄薄的一层板壁同厨房隔开的没有窗户的小屋里。屋子里只放得下一张大双人床和一个柜子。床的位置使人在床上可以看到整个厨房,便于监督那儿的工作,而从厨房里却看不清屋里的东西。屋里光线很暗,只能隐约看到红白色床单的微弱闪光。只有进了屋子,眼睛对黑暗习惯以后,才能分辨出各样东西。

"您到底来了。"女店主有气无力地说。她伸展四肢,仰躺着,显然呼吸困难,她掀开了鸭绒被。她躺在床上比穿上衣服时看起来年轻得多,可是她戴的一顶用精致花边织物织成的睡帽显然太小了,在她的头发上晃动,却使她憔悴的面孔显得很可怜。"我干吗要来呢?"K温和地说,"您又没有叫我来啊。""您不该让我等那么久。"女店主以病人的那种固执说。"您坐下,"她指着床沿说,"你们其余的人都给我走开!"除了那两个助手,那些女仆这时也都已挤进来了。"我也想走开,嘉黛娜。"店主说。K第一次听到这个女人的名字。"当然。"她慢慢吞吞地说,心里好像在想别的事情,心不在焉地加了一句:"你干吗偏偏要留下来呢?"可是当所有人都退到厨房里去——这一次连两个助手都马上走开了,不过走在一个女仆的后面——以后,嘉黛娜很机敏,觉察到这儿说的每一句话厨房里都能听见,因为这间小屋没有门,于是她命令大家也离开厨房。这一点马上就做到了。

"土地测量员先生,"嘉黛娜然后说,"柜子里前面挂着一条披肩,请你拿给我,我要盖在身上,我吃不消这床鸭绒被,喘不过气来。"K把披肩递给她以后,她说:"你看这条披肩挺漂亮,是不是?"K觉得这是一条普通的羊毛披肩,只是出于礼貌,他用手又摸了一下,但是没有说什么。"是的,这是一条漂亮的披肩。"

嘉黛娜一面说，一面把自己裹上。现在她安详地躺在那里，似乎一切病痛都消失了，甚至想到了自己因为躺着而弄乱的头发，便坐起片刻，沿着睡帽把头发拢了拢。她的头发很密。

K变得不耐烦起来，说："老板娘，您让人问我是否已找到别的住处。""我让人问您？"女店主说，"没有，您弄错了。""您丈夫刚刚问过我。""这我信，"女店主说，"我和他意见不合。我不要您住在这儿的时候，他留您住下来；现在我很高兴您住在这儿，他倒要把您撵走。他总是这个样子。""这么说，"K说，"您对我的看法有了很大的变化？在一两个钟头里？""我并没有改变我的看法，"女店主说，又变得有气无力，"把您的手伸给我。喏，现在答应我要直言相告，我也要对您直言不讳。""好的，"K说，"可是谁先开始呢？""我先开始。"女店主说。她给人的印象不像是迎合K的心意，而像是急于要先说。

她从枕头下抽出一张相片递给K。"您看看

这张照片。"她恳求地说。为了看得清楚些，K向厨房跨进一步，可是在厨房里也不大容易看清照片上有什么，因为年代久远，照片褪了色，好几处已折损，又皱又脏。"照片不是很好。"K说。"可惜，可惜，"女店主说，"随身带很多年，就一定会这样。不过您如果仔细看，还是能全都看清楚的，那当然啦。而且我还可以帮您，告诉我您看到了什么，我喜欢听人谈这张照片。究竟看到什么啦？""一个年轻人。"K说。"不错，"女店主说，"他在干什么？""好像躺在一块木板上，伸懒腰，打呵欠。"女店主笑了。"全错了。"她说。"可是这儿确是木板，他躺在这儿。"K坚持自己的看法。"您再仔细看看，"女店主气呼呼地说，"他真是躺着吗？""不，"现在K说，"他不是躺着，他正浮在空中，现在我看出来了，那根本不是木板，或许只是一根绳子，这个年轻人正在跳高。""对了，"女店主高兴地说，"他在跳，公家信差就是这样练习的。

我早知道您一定会看得出来的。您也看得清他的面孔吗?""他的面孔我只能模模糊糊地看出,"K说,"他显然很使劲,嘴巴张开,眼睛闭紧,头发飞扬。""很好,"女店主赞扬地说,"没有见过他本人的人,从来没有一个能像您看得这么清楚。不过他是个漂亮的小伙子。我只匆匆见过他一面,就永远也忘不了他。""他究竟是谁?"K问。"他是克拉姆第一次派来叫我到他那儿去的信差。"女店主说。

K无法仔细听,玻璃窗的格格声分散了他的注意力。他立刻发现了他受到干扰的原因。两个助手站在外面院子里,两只脚在雪地里交替地跳着。他们装作好像很高兴又见到他;他们兴高采烈地把他指给对方看,同时还不停地轻轻敲着厨房的窗户。K做了一个恐吓性的手势,他们立刻停下了,争先恐后把对方挤在后面,可是一个马上就甩掉了另一个,不一会儿他们又回到窗前。K急忙走到那间小屋里去,使助手们在外边看不到他,他也不必看到他们。可是那种轻轻的、恳求似的敲玻璃声音,在那儿还追随他响了很长时间。

"又是那两个助手。"他指着外边,抱歉地对女店主说。但是她并没有注意他,她从他手里拿走照片,看着照片,把它抚平,又塞到枕头下边去。她的动作变慢了,但并不是因为疲乏,而是因为回首往事而心情沉重。她原想把自己的经历讲给K听,但是讲着讲着就把K给忘了。她玩弄着披肩的穗饰。过了一会儿,她才抬起眼睛,用手擦了擦眼睛,说:"这条披肩也是克拉姆送的。这顶睡帽也是。照片、披肩和睡帽,这三样东西是我保存的纪念品。我不像弗丽达那么年轻,不像她那样雄心勃勃,也不是那样敏感,她是很敏感的;总之,我知道怎样适应生活,不过这一点我必须承认,如果没有这三件纪念品,我在这儿是不会坚持这么久的,或许一天也坚持不下去。在您看来,这三样东西也许微不足道，不过您看：弗丽达跟克拉姆来往已有很长时间，可是没有得到一件纪念品。我曾经问过她，她太痴情了，也太不知足了；而我呢，虽然和克拉姆在一起只有三次——后来他就再也没有叫我去，我不知道是什么原因——却能带回来这些纪念品，因为我好像有一种预感，觉得我和他在一起的时间长不了。当然，你得自己操心，克拉姆本人是从来不给别人什么东西的，不过你如果看到那儿有什么自己喜欢的东西，你就能要到手。"

听到这些事，K感到很不自在，尽管这些事也和他有关。

"这一切是多久以前的事情啦？"他叹了口气，问道。

"二十多年以前，"女店主说，"有二十好几年了。"

"一个人对克拉姆忠心耿耿，居然能持续这么久，"K说，"可是，老板娘，您是否也清楚，当我想到我未来的婚后生活的时候，您的这些坦白会使我深感忧虑？"

女店主觉得K现在想要插进自己的事实在不是时候，便生气地瞟了他一眼。

"别生气，老板娘。"K说，"我并没有说任何话反对克拉姆，可是为环境所迫，我和克拉姆发生某种关系；这一点哪怕是最崇拜他的人也无法否认。唔，好啦。因此，只要有人提到克拉姆，我也总会想到自己，这是无法改变的。再者，老板娘，"说到这里，K握住她那踌躇的手，"想一想，上次我们的谈话结果是多么不如人意，希望这一次我们能和和气气地分手。"

"您说得对，"女店主说着并低下头，"可是请体谅我。我并不比别人更敏感，相反，每个人都有过敏的事情，我只有这一件。"

"不幸这同时也是使我过敏的事，"K说，"不过我一定会克制自己。现在请告诉我，老板娘，假定弗丽达也和您一样，对克拉姆仍然忠诚得令人吃惊,在婚后生活中我怎么能够忍受呢?"

"忠诚得令人吃惊?"女店主面有愠色地重复了一遍,"这究竟是不是忠诚? 我忠于我的丈夫,可是对克拉姆呢? 克拉姆曾经一度选我做他的情人,我能在任何时候失去这个身份吗? 您问今后同弗丽达一起生活怎么能够忍受这一点。 啊,土地测量员先生,您究竟是何许人,竟敢这样问?"

"老板娘。"K警告地说。

"我知道,"女店主顺从地说,"可是我的丈夫没有问过这样的问题。我不知道该说谁是不幸的,是当时的我,还是现在的弗丽达。弗丽达任性离开了克拉姆,而我呢,他不再召我去了。但是不幸的也许是弗丽达,尽管她看来还没有充分意识到这一点。但是,当时我一心只想自己的不幸,我不断地问自己,其实今天也没有停止这样问:为什么会发生这样的事? 克拉姆召你去了三次，第四次就不叫你去了，从来就没有过第四次！当时我还能想什么别的事情呢？不久以后我就和我的丈夫结婚了，除此之外，我和他还能谈什么呢？白天我们没有时间，我们接手办这家客栈时，店里情况很糟糕，我们必须努力把它搞好，可是夜里呢？多少年来，我们夜间的谈话总是谈克拉姆，谈他为什么变心。如果在谈话时我的丈夫睡着了，我就把他弄醒，我们继续谈下去。"

"现在，"K说，"如果您允许的话，我想提一个很冒昧的问题。"

女店主沉默不语。

"那我就不能问了，"K说，"这我也满意了。"

"不错，"女店主说，"这您也满意了，特别是这一点。您把什么都误解了，把沉默也误解了。您也不可能不这样。我允许您问。"

"如果我把什么都误解了，"K说，"也许我也误解了我的问题，也许我的问题并不是那么冒昧。我只想知道，您是怎么认识您的丈夫的，又是怎么把这家客栈弄到手的？"

女店主皱起眉头，但是她沉着地说："这件事说起来很简单。我父亲是铁匠，我现在的丈夫汉斯是一个大农庄主的马夫，他常去找我父亲。那是在我和克拉姆最后一次会面以后，我很悲伤，其实我不该这样，因为一切都是顺理成章、无可指摘的，不准我再去找克拉姆，正是克拉姆自己的决定，也就是正确的；只是原因模糊不清，我不能去追问，但是我不该悲伤。然而我还是很悲伤，无法干活，整天坐在屋前的花园里。汉斯在那儿看到我，常常坐到我身边，我并没有向他诉苦，但他知道是怎么回事，他是个善良的小伙子，所以陪着我一起哭。那时客栈老板的妻子已死，而且他年纪也大了，因此只好歇手不干。有一次，他走过我们的小花园，看到我们坐在那儿，便停了下来，毫不犹豫地就要把客栈租给我们，也不要我们预付一分钱,因为他信任我们,而且租金也定得很低。我不想拖累我的父亲,此外我什么都不在乎,因此想到这个客栈和新的工作也许能使我忘却一点过去,于是我就嫁给了汉斯。这就是事情的全部经过。"

沉寂片刻后,K说:"那位老板的行为倒是很仗义,只是有点轻率,或者他信任你们两人,是否有特殊的原因?"

"他很了解汉斯,"女店主说,"他是汉斯的伯父。"

"那当然啦,"K说,"这么说来,汉斯家的人显然很看重和您攀亲吧?"

"也许是吧,"女店主说,"我不知道,我从来不关心这些事情。"

"可是情况一定是这样的,"K说,"因为这家人情愿作出这样的牺牲,没有任何保障就把客栈交到您的手里。"

"后来事实证明,这倒不是轻率,"女店主

说,"我全心全意投入工作,我是铁匠的女儿,身强力壮,我不需要女仆,不需要帮工;我什么都干,酒吧,厨房,马厩,院子,全是我一个人。我饭菜做得好,甚至把贵宾饭店的顾客都夺走了。您没有在店里吃过午饭,您不知道我们中午的主顾,那时候客人比现在还要多,现在有许多人已经不来了。结果我们不仅能按时缴付租金,而且过了几年我们就把整个客栈买了下来,今天差不多已经偿清全部债务。不过另一个结果是,我把身体搞垮了,得了心脏病,现在成了一个老太婆。您也许以为我比汉斯年纪大得多,其实他只比我小两三岁,而且永远不见老,因为他的工作就是抽抽烟斗,听听顾客聊天,然后磕磕烟斗,有时拿拿啤酒,干这种工作人是不会老的。"

"您的成绩值得钦佩,"K说,"这毫无疑问,不过我们谈的是您结婚以前,那时汉斯家情愿牺牲钱财,或者至少得冒这样大的风险,交出客栈,而且除了您的工作能力以外,他们不抱其他任何希望,何况那时还没有人了解您的工作能力,而汉斯并没有什么工作能力,这一点人们一定早就知道,因此,他们急于要和您结亲,这就有点奇怪了。"

"得啦,"女店主疲惫地说,"我知道您想说什么,您想到哪里去了? 克拉姆和这些事毫无关系。他干吗要为我操心? 或者说得更确切一些,他怎么能够为我操心呢? 他再也不了解我的情况。他不再召唤我去,表明他已把我忘了。他不再召唤什么人时,就是把这个人全忘了。我不想在弗丽达面前谈这一点。但那还不仅是忘记而已。一个人忘记了谁,有时会又记起来。就克拉姆来说,这是不可能的。他要是不再召唤你了,那就是他已把你忘得一干二净了,不但忘记过去的事,而且将来也永远不会再想起来。如果我努力尝试的话,我能设身处地体会您的思想,在这儿您的想法是荒唐的,在你们那儿也许是有道理的。您也许竟会荒唐地认为克拉姆让我嫁给汉斯,正是为了将来他召唤我去的时候,我可以没有多大困难就能上他那儿去。嗨,这种想法简直荒唐透顶。如果克拉姆示意叫我去,有哪一个男人能阻止我跑到克拉姆身边去?荒唐,荒唐透顶;如果有这种荒唐的想法,就会把自己弄糊涂了。"

"不,"K说,"我们并不想把自己弄糊涂,我还没有想得像您所认为的那么远,尽管说句老实话,我正在朝这个方向去想呢。目前惟一使我惊奇的是,汉斯的亲属对这门亲事寄予厚望,而他们的期望也确实实现了,不过却牺牲了您的心脏、您的健康。起先我固然以为这些事情和克拉姆有关,不过没有或者还没有像您所说的那么厉害,显然您只是想再剋我一顿,因为这样能使您开心。但愿您能开心!不过我的意思是:首先,促成这门亲事的显然是克拉姆。没有克拉姆,您就不会伤心,不会无所事事地坐在屋前的小花园里，没有克拉姆，汉斯就不会在那儿见到您，要不是您很悲伤，像汉斯这样一个腼腆的人就决不敢跟您讲话，没有克拉姆，您决不会和汉斯一起伤心落泪，没有克拉姆，那位好心的老伯伯决不会看见汉斯和您安安静静地坐在那儿，没有克拉姆，您就不会对人生采取漠不关心的态度，因此也就不会嫁给汉斯。所以说，我的意思是，这一切都足以说明克拉姆的作用。但是事实上还不止如此。要不是您力求忘记过去，您一定不会如此拼命干活，把客栈办得这么出色。所以说，这也有克拉姆的份。但是除此之外，克拉姆也是您生病的原因，因为在您结婚以前，您的一片痴情没有得到回报，就已经伤透了您的心。现在剩下的惟一问题是：汉斯的亲属为什么如此热衷于这门亲事？您自己说过，当克拉姆的情人是永远不会失去的莫大殊荣，所以他们也许是受到这一点的吸引。可是，除此之外，我相信，他们希望那颗把您引导到克拉姆身边的福星——假定那是一颗福星,不过您说这是一颗福星——是您命中注定的,因此您一定会永远走运,好运不会像克拉姆那样突然迅速离您而去。"

"您真是这样想的吗?"女店主问。

"我真是这样想的,"K迅速地回答,"不过我认为,汉斯的亲属所抱的希望既不完全对,也不完全错,而且我认为我还看得出他们错在哪里。表面上看来,似乎万事大吉,汉斯的生活有了可靠的保障,有位仪表堂堂的太太,受人尊敬,客栈没有负债。可是实际上并非万事大吉,如果他和一个初恋的普通姑娘结婚,他一定会幸福得多;如果他像您指摘他的那样,常常失魂落魄似地站在店堂里,这是因为他真的觉得惘然若失,他倒并没有因此感到悲伤,没错,我对他已有足够的了解,但是同样千真万确的是,这个漂亮聪明的小伙子要是娶了另一个女人,就会更加幸福,我的意思是会更独立,更勤恳，更有男子气概。而您自己呢，肯定并不幸福，据您所说，如果没有这三件纪念品，您就不想再活下去，而且您又有心脏病。那么，汉斯的亲属所抱的希望是不是就错了呢？我并不这样认为。您福星高照，可是他们不知道怎样去利用它。"

"那么他们错过了什么呢？"女店主问。她现在伸直四肢，仰面躺着，眼睛望着天花板。

"他们没有去问克拉姆。"K说。[11]

"这样，我们又回到您的事情上来了。"女店主说。

"或者说又回到您的事情上来了，"K说，"我们的事是互相关联的。"

"那么，您想从克拉姆那儿得到什么？"女店主问。她已经坐了起来，把枕头抖松，好倚着枕头坐，正视着K的眼睛。"我已经把我的情况坦白地告诉了您，您本可以学乖一点。现在您也坦白告诉我，您想问克拉姆什么。我费了好大劲儿才说服弗丽达上楼去呆在她的房间里；我怕您当着她的面不能痛痛快快地谈。"

"我没有什么要隐瞒的，"K说，"不过首先我想请您注意一点。您说克拉姆爱忘事。那么，第一，在我看来，这是极不可能的；第二，这是无法证明的，显然是传说，而且是那些正受克拉姆宠爱的姑娘们编造出来的。您居然会相信这种无稽之谈，真令我吃惊。"

"这不是传说，"女店主说，"而是大家的经验之谈。"〔12〕

"那就是说，也可以用新的经验来驳斥，"K说，"可是，此外您和弗丽达的情况还有所不同。至于克拉姆不再召弗丽达去，这种情况几乎根本就没有发生过，而是他召她去，但她没有服从。甚至可能他一直还在等着她去呢。"

女店主没有吭声，只是用眼睛上下打量着K，然后说："我愿意冷静地倾听您要说的一切。您尽管直率地说，不必顾惜我。我只有一个请求。不要提克拉姆的名字。就叫'他'或别的什么，但别指名道姓。"

[13]"我很乐于这么做，"K说，"可是我想从他那儿得到什么，倒是很难说清楚。首先，我想在近处看到他，再就是听到他的声音，然后我想知道他对我们结婚抱什么态度。在这以后，也许我会请求他做什么，这要看我们谈话的情况而定。有可能谈到许多事情，但是对我来说，最重要的还是跟他见面。因为我还没有和真正的官员直接谈过话。要做到这一点，似乎比我原来所想象的要困难。但是现在我有这个义务，请他以私人身份和我谈话，我认为这就容易得多。他以官员的身份，我就只能在他那也许无法进入的办公室里，在城堡里，或者——这也很成问题——在贵宾饭店会见他。但是以私人身份，我就可以在碰到他的任何地方，在屋子里，在街上和他谈话。如果那时他也附带以官员的身份出现在我面前，我也会乐意接受，但

这并不是我的首要目的。"

[14]"好,"女店主说,把脸藏在枕头里,好像在说什么不知廉耻的话似的。"如果我通过我的关系,把您想跟他谈话的请求转达给克拉姆,那您是否答应我,在得到回答之前,您自己不要采取什么行动?"

"我不能答应,"K说,"虽然我很愿意满足您的请求或心情。因为这事很急,特别是在我和村长的谈话有了不好的结果以后。"

"这个异议不能成立,"女店主说,"村长是个无足轻重的人。难道您就没有发现吗? 要是没有他的老婆,他这个村长一天也当不下去,他事事都由他老婆处理。"

"米齐?"K问。女店主点点头。"她当时也在场。"K说。

"她有没有发表意见?"女店主问。

"没有,"K说,"可是我也没有觉得她能发表意见。"

"是啊，"女店主说，"您把我们这儿的事情全都看错了。不管怎样，村长为您做的安排是无关紧要的，得便我去跟他的老婆说说。倘若我现在再答应您，最迟在一个星期之内就能得到克拉姆的答复，您大概不会再有什么理由不听我的话了吧。"

"这一切都不是最主要的，"K说，"我已打定主意，哪怕得到拒绝的答复，我也要努力去实现它。我一开始就有了这个打算，但我却不能事先提出谈话的要求。不提出请求，也许这是个大胆而一厢情愿的企图，但如果提出请求遭到拒绝，再这样做就是公然违抗了。这当然就会糟得多。"

"更糟？"女店主说，"无论如何，这都是违抗。现在您爱怎么干就怎么干吧。把裙子递给我。"

她不顾K在场，穿上裙子，赶紧跑进厨房。店堂里已经吵吵嚷嚷半天了。有人敲那扇观察窗。两个助手推开观察窗向里嚷嚷肚子饿了。接着又有别的面孔在那儿出现。甚至还听得见有好几个声音在低声唱歌。

不用说，K和女店主的谈话大大地耽误了做午饭的时间。饭还没有做好，顾客却已聚集在一起，但是没有人敢违抗女店主的禁令走进厨房。现在，在观察窗探头张望的人报告说老板娘来了，于是女仆们立刻跑进厨房。当K走进店堂时，为数惊人的一群人便从观察窗那儿拥向餐桌去占座，男男女女有二十多个，穿着本地人的服装，但并不土里土气。只有角落里一张小桌上已有一对夫妇带着几个孩子坐在那儿没有动；那个和蔼可亲的蓝眼睛男人，灰白的须发乱蓬蓬的，站着向孩子们弯下身子，手里拿着一把刀在给孩子们唱歌打拍子，他不断地让他们压低歌声；也许他是想用唱歌使他们忘却饥饿。女店主冷漠地对顾客们说了几句抱歉的话，没有人责怪她。她四面张望，寻找店主，可是店主面临这种困难局面大概早就溜走了。于是她慢慢走进厨房,不再理会K;K就匆匆忙忙跑到他房间里找弗丽达去了。

Franz Kafka
Das erzählerische Werk

Das Schloss

第七章

K在楼上碰到了教师。房间经过收拾,面目为之一新,弗丽达就是如此勤快。房间里空气清新,炉子烧得很旺,地板洗刷干净,床铺得整整齐齐,女仆们的那些叫人讨厌的破烂儿连同她们的照片也都不见了。桌子上原先沾满污垢,使人不管朝哪儿转身都觉得如芒刺在背,现在铺上了一块白色绣花桌布。现在简直可以接待客人了;K的几件内衣挂在火炉旁边烘干,并没有太有碍观瞻,弗丽达显然是在大清早把它们洗干净的。教师和弗丽达坐在桌旁,K进屋时他们都站了起来。弗丽达吻了一下K,以示问候,教师微微躬身致意。K因为刚和女店主谈过话,还心神不定、心不在焉,开始为自己至今还没有能去拜访教师而表示歉意;看来他以为教师是因为他没有去而等得不耐烦了,所以才自己前来登门拜访他的。可是教师举止安详,似乎现在才慢慢想起来他和K之间曾经说过要登门拜访。"土地测量员先生,"他慢条斯理地说,"您就是几天前在教堂广场上和我谈话的那个外乡人吧。""是的。"K简短地说;当时他孤零零的,不得不忍受教师那副大模大样的态度,现在是在自己的房间里,他就不必再忍受了。他转身对弗丽达说,他马上要出去做一次很重要的拜会,需要穿得尽量好一些。弗丽达没有多问,就把正在仔细观察新桌布的助手叫过来,吩咐他们把K马上开始脱下来的衣服和靴子拿到楼下院子里去刷干净。她自己从绳子上取下一件衬衫,跑到楼下厨房里熨去了。

现在屋子里只剩下K和教师。教师又默默地坐在桌旁;K让他又等了一会儿,脱下衬衫,开始在脸盆旁擦洗身子。直到这时,他背对着教师,才问他来干什么。"我是受村长的委托来的。"他说。K准备听他说下去。可是由于水声哗啦啦地响,教师听不清K说的话,只好走近一点,在他身旁倚墙站着。K以急于要去赴约而为他的洗濯和焦急表示歉意。教师对此未予理会,说:"您对村长很不礼貌,他是一个有贡献、有经验、年高德劭的长者。""我不知道我是不是很不礼貌,"K一面擦干身子,一面说,"可是当时我所要想的不是文雅的举止,而是别的事情,那倒是对的,因为我的生存受到可耻的官方作风的威胁,我就不必对您详谈了,因为您自己也是这个官方当局的一员。村长抱怨我了吗?""他应该向谁去抱怨?"教师说,"即使有这么一个人,难道他会抱怨吗?我只是按照他的口授草拟了一份你们的会谈纪要,从而使我对村长先生的仁慈和您的回答方式有了充分的了解。"

K一面寻找梳子——准是弗丽达把它放到什么地方去了——一面说:"什么?一份纪要?由一个根本没有参加谈话的人事后在我不在场的时候草拟?这倒不坏。为什么要作记录呢？难道那是一次正式会谈吗？""不，"教师说，"是半官方的，记录也只是半官方的；之所以作记录，只是因为我们这儿什么事情都有规章制度。不管怎样，现在有了记录，它并未使您得到光彩。"K终于找到了落到床上的梳子，更加平心静气地说："有就有吧。您是来告诉我这件事的吗？""不，"教师说，"不过我并不是一部机器，我必须把我的意见告诉您。我的任务又一次证明了村长的仁慈；我强调这种仁慈对我来说不可理解，我奉命行事，只是因为这是我的职责所在，也是出于我对村长的尊敬。"K已梳洗完毕，这时正坐在桌旁等他的衬衫和外衣；他并不急于想知道教师带来的消息；而且，女店主对村长如此轻视，他也受其影响。"现在大概已经过了中午了吧？"他心想着自己将要走的路程一面问，接着又改口说："您说您要把村长的口信转告我。""那好吧，"教师耸耸肩说，好像是在推脱自己的任何责任似的，"村长担心，如果对您的事迟迟不作决定，您会自作主张干出什么鲁莽的事来。就我而言，我不知道他为什么担心这一点；依我看，您爱怎么干就怎么干好了。我们又不是您的守护神，我们没有义务要管您所做的一切事情。好吧。不过村长不这么想。他当然不能加速作出决定，这是伯爵当局的事情。但是在他的权限之内，他愿意为您提供一个暂时的、确实慷慨的解决办法，就看您接不接受了：他让您去当校役。"K起先并不怎么在意这个建议，但有事给他做这一事实，在他看来并不是毫无意义的。这表明，村长认为他能进行反抗，采取某些行动，而对这个村庄来说，为了防止他采取行动，即使要花费一些也是合适的。他们把这件事看得多么重要！教师在这儿已经等了不少时候，在来以前还草拟了记录，一定是村长让他火速赶到这儿来的。教师看到他现在终于使K深思起来，便接着说："我提出了异议。我指出，到现在为止并不需要校役;教堂司事的老婆常来打扫,由女教师吉莎小姐加以监督。我为孩子们操劳已经够辛苦了,不想再让一个校役来惹我生气。村长反驳说,学校还是太脏了。我据实回答说,学校并不那么脏。我又说,如果我们雇这个人当校役,情况就会好转吗? 肯定不会。先不说他不会干这种活,学校只有两间大教室,此外没有附属的房间,所以校役一家就得住在一间教室里,睡觉,也许还要做饭,这当然不可能使教室变得更干净些。可是村长指出,这个职位可以救您的急,因此您一定会尽力做好这个工作的;村长还说,我们雇了您,连带也可以有您的妻子和助手为我们效劳,这样不仅学校会弄得井井有条,而且校园也能保持整洁。我不费力地否定了这一切。最后,村长竟说不出什么对您有利的话来,只是笑了笑说,您毕竟是个土地测量员,因此会把校园的花坛搞得特别整齐美观。好吧,对玩笑是不必反对的,于是我就带了这项委托到您这儿来了。""您白费心思了，老师，"K说，"我并不想接受这个职位。""好极了，"教师说，"好极了，您毫无保留地拒绝接受。"说罢他拿起帽子，鞠了一躬就走了。

刚过一会儿，弗丽达便面无人色地奔上楼来，手里拿着的衬衫还没有熨，也不回答K的询问。为了消除她的愁闷，K把教师的来意和建议讲给她听；她几乎没等听完，就把衬衫扔到床上又跑走了。过一会儿她就回来了，但是带着教师。教师脸上露出悻悻的神色，进来时连招呼也不打。弗丽达恳求他耐心一点 —— 显然她一路上已经恳求过他好几次 ——，然后把K从他根本不知道的一扇侧门拉到隔壁的顶楼上，紧张得气喘吁吁，终于把她所遇到的事告诉了K。女店主由于她降低自己的身份向K坦白，而且更糟糕的是，在克拉姆同K谈话的问题上作了让步，可是到头来却一无所得，据她说，只是得到冷淡的而且还是言不由衷的拒绝，因此她气得决定不再让K住在她的客栈里；如果K和城堡有关系，那就请他立刻去利用这种关系，因为他必须在当天马上离开这座房子，除非有当局的直接命令和强制，她决不会再接受他；但是她希望不会发生这种情况，因为她和城堡也有关系，而且会利用这种关系。再者，他之所以能住进客栈，只是由于客栈老板的疏忽，而且他也并不是很困难，因为就在今天早晨他还夸下海口，说是有一家人家愿意向他提供住处。弗丽达自然应当留下来；如果弗丽达和K一起走，她，女店主就会十分伤心，她在楼下厨房里一想到这一点就哭着昏倒在炉灶旁边，这个可怜的有心脏病的女人！可是现在，至少在她的想象之中，这事简直关系到克拉姆的纪念品的荣誉，她怎么还能有别的选择呢？女店主的情况就是如此。弗丽达当然会跟K走，不管他到哪儿，也不管冰雪封路，这一点当然用不着再说，不过他们俩目前的境况确实很糟，因此她很高兴地欢迎村长的建议,即使这个职位对K并不合适,但——这一点得到特别强调——这只是临时的职位,他们可以赢得时间,即使最后的决定对他不利,也容易找到别的机会。"迫不得已时,"弗丽达最后搂着K的脖子喊道,"我们就离开这儿,村子里有什么值得我们留恋的呢? 可是目前,亲爱的,我们暂且接受这个建议。我已经把教师找回来了,你只要对他说声'接受'就行了,我们就搬到学校里去住。"

"这很糟糕。"K说,其实他并不完全真是这样想,因为他对于住所并不十分在意,而且他身上只穿着内衣,在两边都没有墙和窗子的顶层阁楼上,一阵阵刺骨寒风吹过,也使他冻得够受的,"你已经把屋子收拾得这么整洁,现在我们又要搬走! 我十二万分不愿意接受这份差使,眼前在这个小教师面前低声下气就已叫我受不了,现在甚至还要他当我的上司。只要我们能在这儿再呆一会儿就好了,说不定今天下午我的处境就会改变。至少只要你留在这儿,我们就可以等待观望,只给教师一个模棱两可的答复。至于我,我总能找到住处,实在不得已,真的去巴纳……"弗丽达用手捂住他的嘴。"不行,"她忧心忡忡地说,"请别再这么说。除此之外,我什么都听你的。如果你愿意,我就一个人留在这儿,尽管我会很伤心。如果你愿意,我们就拒绝这个提议,尽管我认为这样做不对。因为你瞧,如果你找到别的机会,就算今天下午就找到,喏,我们就立刻放弃学校里的那个差使,这是不言而喻的,谁也不会阻止我们。至于在教师面前感到低三下四,我会注意不让这种情况发生,我自己去和他谈,你只在一旁站着,不用开口,以后也是这样,如果你不愿意,你永远不必亲自跟他谈话,实际上只有我一个人当他的下属,甚至我也不会当他的下属,因为我知道他的短处。所以,如果接受那个差使,我们什么损失也没有,如果不接受,损失可就大了;首先,如果你今天从城堡得不到什么结果,那你真是休想在村子里即使就是只为你一个人找到一个过夜的地方,我的意思是,找到一个能使我作为你未来的妻子不感到害臊的过夜的地方。如果你找不到过夜的地方,我明知你在外面的黑夜和寒冷中乱串,难道你能要求我安心睡在这儿温暖的房间里吗?"K一直双臂交叉抱在胸前,用手拍背,以便使身子稍微暖和一点,便说:"那就只好接受了。来吧!"

回到房间里,他马上向火炉跑去,没有理睬教师。教师坐在桌旁,掏出表来,说:"时候不早了。""不过我们现在也完全一致了,老师,"弗丽达说,"我们接受这个职位。""好,"教师说,"可是这个职位是给土地测量员先生的。他得自己表态。"弗丽达给K解围。"当然,"她说,"他接受这个职位,不是吗,K?"这样,K就可以简单地说一声"是"就行了,甚至连这一声"是"也不是对教师而是对弗丽达说的。"那么,"教师说,"现在我只要再向您交代您的职责,这样我们在这件事情上就永远一致了;土地测量员先生,您每天要打扫两间教堂,生火,负责屋子里的小修小补,此外还要亲自照管教具和体操器械,清扫校园走道上的积雪,替我和女教师送信打杂,在天气暖和的季节里负责校园的一切工作。报酬是,您有权在两间教室里挑一间住;不过,如果两间教室没有同时上课,而又恰好需要用您住的房间时,您当然得搬到另一间去住。您不得在学校里烧饭,但您和您的家属可以在这家客栈包饭,饭钱由村里负担。您的行为举止必须符合学校的尊严,尤其是上课时间决不能让孩子们看到您家里令人难堪的场面,我不过是顺便提一提,因为您是受过教育的人,一定是知道的。讲到这一点,我还要说一句,我们不得不坚持要求您尽快使您和弗丽达小姐的关系合法化。关于这一切和其他一些小事,都要订入雇用合同,您一搬进学校就得签字。"

K觉得这一切都不重要,仿佛与他无关,或者至少对他没有约束力,只是教师那副自以为了不起的神气叫他生气,他漫不经心地说:"就这样吧,这些都是通常的职责。"为了略微冲淡这句话,弗丽达便问起薪水有多少。"给不给薪水,"教师说,"那要在试用一个月后再考虑。""可是这使我们日子难过了,"弗丽达说,"我们要在几乎一无所有的情况下结婚,白手起家。先生,我们能不能向村里申请马上付给我们一点薪水?您看怎么样?""不行,"教师说,他始终对着K说,"只有在我推荐之下,这样的申请才会得到批准,而我是不会同意的。给您这份差使,只是对您的照顾,如果一个人记住自己的公共责任,就不会要求过多的照顾。"这时K几乎不由自主地插嘴了。"谈到照顾,先生,"他说,"我想您弄错了。倒不如说是我这方面提供了这种照顾。""不,"教师莞尔一笑,现在他终于逼得K开口了,"我对此十分清楚。我们不需要校役，就像我们不需要土地测量员一样。校役也罢，土地测量员也罢，对我们都是负担。我还得绞尽脑汁向村里说明增加这笔开销的理由。最好和最实事求是的做法就是正式提出这个要求，根本不说明其理由。""我正是这个意思，"K说，"您不得不违心地接纳我。虽然这事叫您大伤脑筋，但是您还得接纳我。既然一个人被迫接纳另一个人，而那另一个人又肯让别人接受他，那么这个人就是在照顾别人。""奇怪，"教师说，"有什么会迫使我们接受您呢？是村长的菩萨心肠，他真是菩萨心肠。土地测量员先生，我看，您一定得抛弃某些幻想，才能成为一名称职的校役。您说的这种话，当然不太有利于发给您可能的薪水。我也遗憾地看出，您的态度还会给我带来很多麻烦！在这段时间里，您一直穿着衬衣衬裤在和我说话，我自始至终看到这一点，几乎无法相信。""是的，"K笑着喊道并拍手，"这些可怕的助手！他们都到哪儿去了？"弗丽达急忙向门口走去；教师看出现在K不想再和他谈下去，便问弗丽达，他们什么时候搬到学校去。"今天。"弗丽达说。"那我明天早晨来检查。"教师说，挥手以示告别，想从弗丽达为她自己打开的房门走出去，却同两个女仆迎面相撞。她们已经带着自己的东西来重新占用这间屋子。她们从来不给谁让路，教师只好从她们中间钻过去。弗丽达跟在他后面。"你们真着急，"K说，这一次对她们非常满意，"我们还在这儿，你们就非得进来不可？"她们没有回答，只是尴尬地摆弄她们的包袱，K看见那些他熟悉的肮脏的破烂衣服露在包袱外面。"你们大概是还从来没有洗过你们的衣服吧。"K说。他说这话并没有什么恶意，倒是有点亲切友好的意味。她们看出了这一点，同时张开绷紧的嘴，露出野兽般的健美的牙齿，不出声地笑着。"来吧，"K说，"你们就收拾吧，这终究是你们的房间。"但她们一直还犹豫不决，在她们看来，她们的房间变化太大,于是 K 一把抓住其中一个人的手臂,领着她往前走。不过他立刻又松了手,她们两人都露出了吃惊的眼神,互相交换了一个眼色后,就目不转睛地盯着 K 看。"现在你们把我看够了吧。"K 一面说一面排除某种不愉快的感觉,拿起弗丽达刚拿来的衣服和靴子穿起来,两个助手怯生生地尾随着弗丽达。他始终无法理解弗丽达为什么对助手那么耐心,现在他又产生了这种感觉。弗丽达找了好久,才发现他们正在楼下不慌不忙地吃午饭,把那些没有刷干净的衣服揉成一团放在他们的膝上,而他们本来应该在院子里把衣服刷干净的;她只好自己动手把所有衣服刷干净;她善于对付平民百姓,可是对他们一声也没有骂,还当着他们的面说到他们的严重疏忽,如同在说一个小小的玩笑似的,甚至还轻轻地拍拍其中一个人的面颊,像是表示亲热似的。K 本想立即责备她几句,可是现在该走了,再也不能耽误了。"两个助手留在这儿帮你搬家。"K说。可是他们不同意这样的安排;他们吃得饱饱的,心情愉快,很想稍许活动一下。直到弗丽达说了"当然,你们留在这儿"后,他们才服从。"你知道我去哪儿吗?"K问。"我知道。"弗丽达说。"那么你不再留我了?"K问。"你会遇到许多障碍的,"她说,"我的话又有什么用!"她吻了一下K,同他告别。因为K没有吃午饭,她给了他一小包面包和香肠,这是她从楼下为他拿来的,并提醒他办完事后不要再到这儿来,而是直接去学校,然后她把手搭在他的肩上,送他走出大门。

Franz Kafka
Das erzählerische Werk

Das Schloss

第八章

起初，K很高兴自己摆脱了女仆和助手都挤在温暖房间里那种乱纷纷的场面。外面有一点冰冻，雪坚实了一些，路好走些了。只是天已开始黑了，于是他加快了脚步。

城堡一如既往静静地伫立着，它的轮廓已经开始消失；K还从未见到过那儿有一丝生命的迹象，也许因为相距甚远，根本不可能看出什么东西，可是眼睛不甘忍受寂寞，总想看到什么。K注视城堡时，有时觉得仿佛在观察一个人，此人不声不响地坐着朝前看，并不是在出神遐想，因而对一切不闻不问，而是逍遥自在、旁若无人，好像他是独自一人，并没有人在观察他，可是他肯定知道有人在观察他，但他依然镇静自若、纹丝不动，果然——不知道这是他镇静的原因还是镇静的结果——观察者的目光无法坚持下去而移开了。今天，在刚刚降临的淡淡的暮色中，这种印象更加强烈了；他看得越久，就越看不清楚，万物就更深地沉入暮色之中。

K来到尚未点灯的贵宾饭店时，二层楼上的一扇窗户正好打开了，一位穿着皮外套、脸上刮得很干净的胖胖的年轻绅士探出头来，接着就停留在窗口。K向他打招呼，他似乎毫无反应，连头都没有点一下。K在过道上和酒吧里都没有碰到一个人，变质的啤酒气味比上次还难闻，桥头客栈是不会有这种事的。K马上向他上次观看克拉姆的那扇门走过去，小心翼翼地拧门上的把手，但门是锁着的；接着他用手摸索，想找到门上的那个窥视孔，可是小孔上的塞子很可能塞得严丝合缝，他这样摸是摸不着的，因此他划了一根火柴。这时，一声叫喊把他吓了一跳。在房门和餐具柜之间的角落里，靠近火炉处，一个年轻姑娘缩成一团坐在那儿，在火柴的闪光下吃力地睁开睡意惺忪的双眼目不转睛地看着他。显然，她是接替弗丽达的人。她很快就镇定下来,扭亮电灯,仍面有愠色,这时她认出了K。"啊,土地测量员先生。"她笑着说,向他伸出手,自我介绍道,"我叫培枇。"她个子不高,脸色红润,体格健壮,一头浓厚的金红色头发,编了一条大辫子,还有一些头发卷曲散在脸的周围。她穿了一件银灰色料子的外衣,直溜溜地耷拉着,一点也不合身,下摆草草了事地用一根一头带活扣的丝带束在一起,使她行动颇为不便。她打听弗丽达的情况,问她是不是很快就会回来。这是一个近乎居心不良的问题。"弗丽达一走,"她又说,"就急忙把我调到这儿来了,因为这儿并不是能随便用一个人的。我本来是打扫房间的女侍,可是换这个工作并不好。干这个差事,夜晚有很多活儿,很辛苦,我怕自己吃不消。弗丽达不干了,我并不觉得奇怪。""弗丽达在这儿是很满意的。"K说,为的是终于让培枇知道她和弗丽达不同,而她忽视了这一点。"您别相信她的话,"

培枇说,"弗丽达善于克制自己,谁都比不上她。她不愿意承认的事,她是不会承认的,而且人们一点也觉察不到她有什么事情要承认。我和她在这儿已经一起干了好几年,我们一直睡在一张床上,但是我和她关系并不亲密,今天她肯定已把我忘了。桥头客栈的老板娘,那个老太婆,也许是她惟一的朋友,不过这也是很独特的。""弗丽达是我的未婚妻。"K说,同时在门上寻找那个窥视孔。"我知道,"培枇说,"正因为这个缘故,我才告诉您。不然这对您就无关紧要了。""我懂,"K说,"您的意思是,我赢得了这么一个沉默寡言的姑娘,可以引以为荣。""是的。"她说着得意地笑起来,仿佛她和K对弗丽达在看法上达成了一种默契。

但是使K考虑并略微分心没有去找那个小孔的其实并不是她的话,而是她的那副神态,是她出现在这个地方。不错,她比弗丽达年轻很多,几乎还是一个孩子,她的衣服滑稽可笑,显然，她的这身打扮是和她认为酒吧女侍了不起的夸张想法一致的。她有这种想法倒也完全顺理成章，因为她还完全不能胜任的这个职位却出乎意料地落到她手里，她本不应得到，看来只是暂时的，连弗丽达总拴在腰带上的皮手袋也没有交给她。她自称不满意这个职位，不过是自以为了不起而已。[15]但是，尽管她头脑简单幼稚，她很可能和城堡也有关系；如果她没有扯谎的话，她以前是打扫房间的女侍；她在这儿睡了这些日子，却不知道自己所拥有的东西，但是倘若把这个胖乎乎矮墩墩的小东西搂在怀里，虽然并不能夺走她所拥有的东西，却能触动他，激励他踏上艰难的征途。那么，她的情况也许跟弗丽达没有什么两样？啊，不，不一样。只要想一想弗丽达的眼神就会明白这一点。K本来决不会去碰一下培枇。可是现在他只好捂着眼睛一会儿，因为他是如此贪婪地盯着她。

"现在用不着开灯，"培枇说着又把灯关上，

"我只是因为您吓了我一大跳才开灯的。您上这儿来想干什么？是不是弗丽达忘了什么东西？""是的，"K说，指着那扇门，"有一块桌布，一块绣花白桌布丢在隔壁那间房间里了。""不错，她的桌布，"培枇说，"我还记得，做工很精致，我还帮她做过，不过不大可能在那间房间里。""弗丽达说是在那里。现在谁住在那儿？"K问。"没有人住，"培枇说，"那是老爷们住的房间，老爷们吃喝都在那儿，也就是说，这是专门留下来做那个用途的，不过他们多半都待在楼上自己的房间里。""要是我知道现在没有人在那儿，"K说，"我很想进去找那块桌布。可是这也说不准，比方说，克拉姆就常坐在那儿。""克拉姆现在确实不在那儿，"培枇说，"他马上就要出门，雪橇已经在院子里等着呢。"

K一句话也不解释，立刻离开酒吧，在过道上他没有朝门口走去，而是转身向屋子里面走去，没走几步就到了院子里。这儿是多么幽静！

院子里四四方方的,三面围着房子,临街的一面——一条K不认识的小街——是一道高高的白墙,中间有一扇厚重的大门正敞开着。在院子这一边,房子似乎比前面的高,至少整个二层楼都扩建过,显得更壮观,因为它外面围着一道齐眉高的木回廊,只留一个小口子。在K的斜对面主楼下对面厢房同主楼连接的角落里,有一个通到屋子里去的入口敞开着,没有门。在那前面停着一辆封闭式深色雪橇,套着两匹马。除了车夫——现在暮色苍茫,K从远处看不太清楚,只是猜想他是车夫——以外,看不到一个人影。

K双手插在口袋里,小心地向四周看了看,贴着墙走,绕过院子的两侧,走到雪橇跟前。车夫是不久前在酒吧里喝酒的那些庄稼人之一,他穿着皮衣,冷漠地看着K走近,就像是在看一只猫走动一样。甚至当K已站在他身边,向他打招呼,连那两匹马也因为从黑暗中走出一个人来而有点烦躁不安的时候,他却仍旧完全无动于衷。这正合 K 的意。K 倚在墙上,拿出他带的食品,心里感激弗丽达对他关怀备至,一面向屋子里面窥望。一道呈直角形的楼梯通往楼下,和楼下一条很低但显然很深的走廊相接;一切都粉刷得干净洁白,棱角分明。〔16〕

K 没想到要等那么久。他早已吃完东西,天气很冷,朦胧的暮色已经变成了一片漆黑,而克拉姆一直还没有来。"也许还得等很久呢。"一个嘶哑的声音突然说,声音离 K 这么近,竟把他吓了一跳。那是车夫,他好像刚睡醒,伸了伸懒腰,大声打着呵欠。"什么还得等很久?"K 问,对他的打扰倒不无感激之意,因为这种持续不断的沉寂和紧张已令人厌烦。"在您走之前。"车夫说。K 不懂他的意思,但没有再问,他相信这是叫这个傲慢的家伙开口说话的最好办法。这儿在黑暗中不答话几乎令人气愤。过了一会儿,车夫果然问道:"您要喝白兰地吗?""好啊。"K

未加考虑地说，这个建议真是太吸引人了，因为他正冷得发抖。"那您把雪橇的门打开，"车夫说，"在边上的口袋里有几瓶，您拿一瓶喝，然后递给我。我穿着这件皮大衣，下去太麻烦。"K不乐意帮这种忙，不过既然已经和车夫交谈起来，他就听从了，甚至还冒着在雪橇旁不巧被克拉姆撞见的危险。他打开宽大的车门，本来可以马上从拴在车门里边的袋子里取出一瓶酒，可是现在车门打开了，他却不由自主地迫切想钻进雪橇里去，他只想在里边坐一会儿。他悄悄溜了进去。车子里非常暖和，尽管车门大敞着，因为K不敢关上车门。人坐在里面，就像是躺在毯子、软垫和毛皮上，简直不知道自己是不是坐在长凳上；他可以向各个方面转身，伸直四肢，总是陷在柔软和温暖之中。K张开臂，把头枕在无处不有的软垫上，从雪橇里望着那座黑洞洞的房子。为什么克拉姆这么久还不下来？K在雪地里站了很久，现在暖和得似乎昏头昏脑，希望克拉姆终于来到。他只是模模糊糊地想到在现在这种情况下宁可不要让克拉姆看到自己，这使他略微感到不安。车夫的表现也促使他忘掉这一点；车夫明明知道他在雪橇里，却让他留在那儿，甚至没有向他要白兰地。这样做真是体贴入微，但是K还是想为他效劳。K没有改变姿势，笨手笨脚地把手伸到门上的袋子里，但不是开着的那扇门上的袋子，那太远了，而是他身后关着的那扇门上的袋子，反正都一样，这只袋子里也有酒瓶。他取出一瓶，旋开瓶塞，闻了一闻，不禁失笑，那气味是那么香甜，叫人喜欢，就像你心爱的人在夸奖你，对你说甜言蜜语，而你根本不知道是怎么一回事，也不想知道，只知道说这些话的人是他，便十分开心。"这是白兰地吗？"K怀疑地问自己，出于好奇尝了一口。不错，是白兰地，真奇怪，喝了以后火辣辣的，身子暖和起来。这种几乎只是又甜又香的东西，怎么变成了车夫的饮料！

"这可能吗？"K问自己，好像在责备自己，接着又喝了一口。

正当K开怀畅饮的时候，眼前忽然亮了，屋子里的楼梯上、过道里、前厅里，屋子外面大门上面，电灯都亮了。听到了楼梯上有人下来的脚步声，酒瓶从K手中掉下来，白兰地洒落在一张毛皮上，K跳出雪橇，刚刚来得及把车门砰的一声关上，便有一位老爷慢吞吞地从屋子里走出来。看来惟一使他宽慰的是，来者并不是克拉姆，或者正是这一点令人遗憾？那是K先前在二楼窗口前看到的那位绅士。一位年轻的绅士，长得很帅，面孔白里透红，可是神情非常严肃。K也阴沉地看着他，不过他的这种神态是冲着他自己来的。他想，他还不如把他的助手派到这儿来；他们也不会比自己搞得更糟。那位老爷仍旧默不作声地看着他，好像他在那过于宽阔的胸膛中没有足够的空气把要说的话说出来。"这真不像话。"后来他开口了，把额头上的帽子往上推了一推。什么？这位老爷很可能对K在雪橇里待过一无所知，却发现了什么不像话的事？是不是指K闯进院子？"您怎么会跑到这儿来的？"这位老爷问道，口气已变得温和一些，呼吸也顺畅起来，对无法改变的事情只好听之任之。问的是什么问题！叫人怎么回答！难道还要K自己明确地向这位老爷证实，他满怀希望走过的路全都白费了？K没有回答，而是向雪橇转过身去，打开车门，取出他遗忘在里面的帽子。他看到白兰地正一滴滴地滴到踏板上，心里感到很不自在。

然后他又转向那位老爷；现在他已不再有什么顾虑，向那人表白了自己曾到雪橇里面去过，这还不是最糟糕的事；如果问他，当然只有在那个时候，他才不愿隐瞒车夫自己至少曾经叫他打开车门。可是真正糟糕的是，他没有想到会碰到这位老爷，来不及躲开他，以便以后可以不受干扰地等候克拉姆，或者是他不够沉着，没有留在雪橇里，关上车门，躺在毛毯里等候克拉姆，或者至少在那儿待到这位老爷走开。当然他当时无法知晓，来者也许就是克拉姆本人，倘若是克拉姆，在雪橇外面迎接他自然要好得多。是的，这里本来有许多事情要考虑，可是现在已没有什么好考虑的了，因为事情已经结束了。

"您跟我来。"这位老爷说，口气倒不是在发号施令，因为命令并不在这句话里，而是在说话时做出来的故作冷淡的简短手势里。"我在这儿等人呢。"K说，他不再抱有任何成功的希望，只是说说罢了。"来吧。"这位老爷又坚定不移地说了一遍，似乎想表示他从来没有怀疑过K在等人。"可是，那我就见不到我等的人了。"K说，全身还抽搐了一下。尽管发生了这一切，但他觉得自己迄今所取得的仍是一种收获，虽然他还只是表面上占有它，但是他也不必听从任何一个命令而放弃它。"您等也好，走也好，都不会见到他的。"那位老爷说，话虽然说得很生硬，但是对K的思路却表现出异乎寻常的宽容。"那么我宁愿见不到他，也要等他。"K执拗地说，他决不会被这个年轻绅士的几句话从这儿赶走。那位老爷听了他的话，头向后一仰，脸上露出傲慢的神色，闭上眼睛一会儿，好像要从K的不明事理重新回到他自己的理智一样，用舌头舔了微微张开的嘴唇一圈，然后对车夫说："卸马。"

车夫听从老爷的吩咐，但是生气地向K瞥了一眼，因为现在他得穿着皮大衣爬下来，磨磨蹭蹭地开始干活，好像并不指望老爷会收回成命，而是指望K会改变主意。他动手把马和雪橇往后倒回到厢房去，在厢房的一扇大门后面显然是马棚和车房。K看到自己一人留下了；雪橇消失在一个方向，年轻的绅士往另一个方向也就是K来的那条路上退去，不过两者退走都很慢，仿佛他们想向K表示，他还有力量把他们召回来。[17]

或许他有这个力量,但是这对他毫无用处;召回雪橇就等于赶跑自己。于是他作为惟一坚守阵地的人仍然一声不吭,但是这胜利并没有给他带来喜悦。他目送那位老爷,又目送车夫远去。那位老爷已经走到 K 最初走进院子经过的那道门了,他又一次回过头来看了看,K 觉得看见他对自己如此固执摇了摇头,然后毅然决然地迅速转过身去,走进前厅,立即消失了。车夫在院子里待了一会儿,雪橇使他有不少活儿要干,他得打开车房那扇沉甸甸的大门,把雪橇退回原处,卸下马牵到马槽去。他一本正经、专心致志地干着这一切,不再抱马上再出车的任何希望;这种默默无声的忙碌,不瞅 K 一眼,在 K 看来,是一种责备,比那位老爷的表现要严厉得多。车夫干完了车房里的活儿,现在横穿过院子,走路的姿势慢慢悠悠、摇摇晃晃。他把大门关好,然后又走回来,一切都是慢吞吞的、机械的，眼睛完全只看着自己留在雪地里的足印，然后把自己关在马棚里。现在所有的电灯也都熄灭了——它要为谁开着呢？只有上面木回廊上的那个小口子里还有亮光，吸引 K 漫无目的游移不定的目光稍停片刻。这时 K 觉得似乎人们如今和他断绝了一切联系，现在他的确比以前任何时候都自由，可以在这个平常不准他来的地方等着，爱等多久就等多久，他赢得了别人很少赢得的这种自由，没有人能碰他一下或撵他走，甚至不能对他讲话；可是同时又没有任何事情比这种自由、这种等待、这种不可侵犯更毫无意义、更毫无希望了，这种想法至少也和前一个想法同样强烈。

Franz Kafka
Das erzählerische Werk

Das Schloss

第九章

他横下心离开院子，回到屋里去，这一次没有贴着墙走，而是穿过雪地中间。他在前厅碰见了客栈老板。老板默不作声地向他致意，指了指酒吧的门。K听从了他的提示，因为他正冷得发抖，而且他想见到人，但是他大失所望，他在那儿看见一张小桌子——这一定是特地摆出来的，因为平常那儿只有酒桶——旁边坐着那位年轻的绅士，面前站着桥头客栈的老板娘，看到她使他心情沉重。培枇得意扬扬，仰着头，总是笑嘻嘻的，自以为了不起的样子，每次转身都甩一下辫子，她跑来跑去，一会儿拿啤酒，一会儿又拿钢笔和墨水，因为那位老爷已经在面前摊开文件，正在查对数据，一会儿看看这一份文件，一会儿又看看桌子另一头的一份文件，现在准备动手写了。老板娘居高临下，默默看着老爷和文件，微微噘起嘴，似乎在休息，好像把要说的话都说了，并且得到了良好的反应。"土地测量员先生到底还是来了。"K走进来时，那位老爷略微抬头看了一下说，接着又埋头看文件。老板娘也仅仅是漫不经心、毫不惊奇地瞥了K一眼。K走到柜台前要了一杯白兰地，而培枇却好像这时才注意到他。

K倚在那儿，用手捂住双眼，对一切不闻不问。然后他抿了一口白兰地，又把杯子推回去，说是不堪入口。"老爷们都喝这酒。"培枇简短地说，倒掉杯子里的剩酒，把杯子洗干净，放到架子上。"老爷们还有更好的。"K说。"那有可能，"培枇说，"可我没有。"说罢便撇下K，又去侍候那位老爷了。但是那位老爷并不需要什么，她在他身后只是不停地来回兜圈子，毕恭毕敬地想越过他的肩头看一眼那些文件，不过这只是无谓的好奇心和自以为了不起，连老板娘都皱起眉头对此表示不以为然。

突然有什么引起了老板娘的注意，她直眉

瞪眼地凝神倾听。K转过身来，他没有听到什么特别的声音，其他人似乎也没有听到什么，可是老板娘却踮起足尖，大步流星地往后面通向院子的那道门跑去，从钥匙孔里看出去，然后双目圆睁，脸涨得通红，转过身来，用手指招呼他们过去。于是他们轮流从钥匙孔里看出去，虽然老板娘看的时间最长，可是培枇也总是有机会看，那位老爷表现得最不在乎。培枇和老爷很快就走回来，只有老板娘一直还在使劲地看，她猫着腰，几乎是跪在地上了，看那副模样，似乎她现在只是在恳求钥匙孔让她钻过去，因为外面早就没有什么可看的了。后来，她终于站起身来，摸了摸脸，理一理头发，深深地吸了一口气，好像现在又不得不让自己的眼睛适应这间屋子和这里的人，心里感到老大不愿意似的。这时K倒不是为了想证实自己知道的事情，而是先发制人地问："是不是克拉姆已经走了？"因为他几乎害怕受到攻击，现在他是这么易受伤害。老板娘一言不发地走过他身边,但是那位老爷却从他的桌旁说:"是的,不错。由于您撤了您的岗哨,克拉姆就可以走了。这位老爷那么敏感,这可真奇怪。您注意到没有,老板娘,克拉姆察看周围时神色多么慌张?"老板娘看来没有注意到这一点,但是那位老爷接着又说:"幸好再也看不到什么了,雪地里的足迹也让车夫给扫平了。""老板娘什么都没有看到。"K说,但是他这样说并非出于某种希望,而是仅仅因为那位老爷说话的口气如此武断,毫无商量的余地,使他恼火。"也许那时我刚巧没有从钥匙孔里往外看。"老板娘说,起先是为那位老爷辩护,但是后来她也想为克拉姆开脱,于是又补充道:"不过我不相信克拉姆会如此敏感。我们当然为他担忧,想要保护他,这样做的原因就在于我们以为克拉姆极端敏感。这样做很好,肯定也符合克拉姆的意思。但是事实究竟如何,我们并不知道。不错,克拉姆决不会同他不想见的人谈话，不管那个人费尽心机，不顾一切地往前挤；单凭克拉姆决不会同他谈话，决不会让他走到自己面前这一点就已足够了。为什么要说他见到某人的面实际上会受不了，至少那是无法证明的，因为绝不会有检验的机会。"那位老爷频频点头。"当然，这其实也是我的意见，"他说，"如果我说得有点不同，那是为了让土地测量员先生听懂。可是，克拉姆走到室外时曾东张西望好几次，这也是事实。""也许他是在找我。"K说。"这有可能，"那位老爷说，"这一点我倒没有想到。"大家都笑了，对这一切不甚了了的培枇却笑得最响。

"既然我们现在高高兴兴地在一起，"那位老爷接着说，"我想请您，土地测量员先生，提供一些材料来补充我的档案。""这儿写得真不少。"K说，从远处瞟了那些档案一眼。"是的，一个不良的习惯，"老爷说，又笑起来，"可是您也许还不知道我是谁吧。我是克拉姆的村秘书莫穆斯。"说罢,整个房间里的气氛顿时严肃起来,虽然女店主和培枇当然都认识这位老爷,但是一听说他的名字和身份,好像也都吃了一惊。甚至连那位老爷自己也似乎觉得说的话超出了分寸,好像想至少逃避自己的话所含有的任何后加的庄严意义似的,便埋头于档案中动手写起来,屋子里除了写字的沙沙声以外,什么声音也听不到。"村秘书究竟是干什么的?"过了一会儿,K问。莫穆斯已经作了自我介绍,认为现在自己来作解释就不合适了,于是女店主代他回答说:"莫穆斯先生是克拉姆的秘书,和克拉姆的其他秘书一样,不过他的驻地,如果我没有弄错的话,还有他的职权范围——"莫穆斯停下笔来,断然地摇了摇头,于是女店主连忙改口,"哦,只有他的驻地,不是他的职权范围,限于这个村子。莫穆斯先生负责克拉姆在村里必须处理的文书工作,村里向克拉姆提出的所有申请都由莫穆斯先生首先受理。"K仍不为所动，茫然失神地看着女店主，于是她有点窘迫地又说："事情就是这样安排的，城堡里的老爷都有村秘书。"莫穆斯比K听得专心得多，他对女店主的话做补充说："大多数村秘书只为一位老爷办事，可是我为克拉姆和瓦拉本内两位老爷办事。""是的，"女店主这时也想起来了，转身对K说，"莫穆斯先生为克拉姆和瓦拉本内两位老爷办事，所以他是双料村秘书。""甚至是双料的。"K说，向莫穆斯点点头，就像对一个刚听到人家夸奖的孩子那样。莫穆斯现在身子微向前倾，抬起头看着K。如果说K的话里含有某种轻蔑成分在内，那么，这一点要么是没有被觉察，要么这正是对方所需要的。偏偏当着连偶然被克拉姆看到也不够资格的K的面大谈特谈克拉姆身边一个人的功绩，目的显然是要引起K的赞赏和重视。可是K对此却不能心领神会；他竭尽全力想见克拉姆一面，并不怎么看重例如莫穆斯这样一个可以在克拉姆眼皮子底下生活的人的职位，谈不上什么钦佩甚或羡慕，因为在他看来，值得追求的并不是在克拉姆身边本身，而是他，K，只有他，而不是别人，去向克拉姆提出他的要求，不是提出别的要求，不是要求待在他身边，而是通过他更进一步，进入城堡。

他看了看表说："现在我得回家了。"形势立刻变得对莫穆斯有利了。"是啊，当然啰，"莫穆斯说，"校役的义务在召唤。不过您还得给我一点时间。我只问您几个简短的问题。""我没有兴趣回答问题。"K说着并想向屋门走去。莫穆斯把一份档案扔到桌子上，站起身来："我以克拉姆的名义要求您回答我的问题。""以克拉姆的名义？"K重复了一遍。"我的事情难道和他有关？""关于这一点，"莫穆斯说，"我不加判断，您就更无法判断了，所以我们两人尽可以留给他去说。可是我以克拉姆授予我的职位要求您留下回答问题。""土地测量员先生，"女店主插嘴说,"我不想再向您提出劝告;到目前为止我提出的劝告是您所能听到的最善意的劝告,但是都被您以令人不能容忍的方式拒绝了。我到这里来见秘书先生 —— 我没有什么可以隐瞒的 —— 只是要使官方对您的行为和意图有充分的了解,防止您今后再住到我的客栈去,我们彼此的关系就是这样,将来大概也不会再有什么变化,因此,如果现在我把我的意见告诉您,并不是为了帮助您,而是为了减轻一点秘书先生同您这种人打交道的艰巨任务。尽管如此,由于我直言相告 —— 我对您只能开诚布公,即使我并不乐意这样做 —— 您还是可以从我说的话里得到好处的,只要您愿意。如果这样,那么现在我提请您注意,秘书先生的记录是能使您见到克拉姆的惟一途径。不过我不想夸大其词,也许这条路通不到克拉姆那里,也许在离他很远的地方就断了,这要由秘书先生来决定。可是,不管怎么样,这是引您至少朝着克拉姆那个方向去的惟一途径。而您仅仅由于固执，就想拒绝这条惟一的路？""啊，老板娘，"K说，"这既不是到克拉姆那儿去的惟一途径，也不比其他途径更高明。而您，秘书先生，我在这儿说的话能不能上达克拉姆，是不是由您来决定？""当然啰，"莫穆斯说，他自豪地低垂双目朝左右两边看，其实那儿什么东西都没有，"要不干吗要我在这儿当秘书？""您瞧，老板娘，"K说，"我并不需要一条通向克拉姆的路，而是先要一条通向秘书先生的路。""我本想替您打通这条路的，"女店主说，"今天上午我不是提出可以把您的请求转给克拉姆吗？这要通过秘书先生来办。但是您拒绝了，现在您别无其他的路，只有这条路可走了。不过，您今天的表现，试图对克拉姆搞突然袭击，使成功的希望变得更加渺茫了。可是，这最后的、最渺小的、正在消失的、其实根本不存在的希望，却是您惟一的希望。""老板娘，"K说，"最初您拼命阻止我闯到克拉姆那儿去，现在又把我的请求看得如此认真，似乎认为我的计划如果不能实现，我几乎就会完蛋，这究竟是怎么回事？如果您从前真心诚意劝我打消去找克拉姆的念头，那您怎么能现在显然同样真心诚意地把我直截了当地赶到能见到克拉姆的那条路上去，尽管您也承认，这条路根本到不了那儿？""我赶您走这条路？"女店主说，"我说您的企图是不可能实现的，难道这就是赶您走这条路？要是您想这样把责任向我身上推，这——可真是大胆之极。也许因为秘书先生在场，您才如此大胆吧？不，土地测量员先生，我可没有赶您走什么路。我只能承认这一点：我第一次见到您时把您估计得过高了一点。您马到成功，赢得弗丽达的芳心，使我大吃一惊，我不知道您还会干出什么事来，我想防止出新的乱子，以为只有用恳求和恐吓使您震惊才能达到目的。从那以后我就学会了更加冷静地看待整个事情。您爱怎么干就怎么干。您的所作所为也许会在外面院子里的雪地里留下深深的足迹,但是仅此而已。""在我看来,其中矛盾之处并没有完全讲清楚,"K说,"不过我既然已经指出这一点,也就满足了。可是,秘书先生,现在请您告诉我,老板娘的意见对不对,即您想把同我的谈话写一份记录,结果有可能使我见到克拉姆。如果是这样,我立刻准备回答一切问题。在这方面,我是什么都愿意干的。""不,"莫穆斯说,"并不存在这种关联。我不过是为克拉姆的村记事簿把今天下午的事情作一个详细的记录而已。记录已经写好,还差两三项要由您来填写,照章办事,并没有什么其他目的,也不可能达到什么其他目的。"K默不作声地看着女店主。"您干吗看我?"女店主问道,"难道我说过别的什么吗?他总是这样,秘书先生,他总是这样。歪曲别人向他提供的情况,然后硬说得到的情况是错误的。无论是今天还是其他什么时候,我总是对他说,他毫无希望受到克拉姆的接见；好吧，既然没有希望，他也不会因为这份记录而有希望的。还能说得比这更清楚吗？我还说，这份记录是他能同克拉姆发生的惟一真正官方联系，这话也是够清楚的，无可怀疑的。可是，如果他现在不相信我，仍然希望——我不知道为什么，想达到什么目的——能闯到克拉姆那儿去，那么，按照他的思路，只有他同克拉姆这惟一真正官方联系，也就是这份记录才能帮助他。我说的就是这些，谁要是说不是这样，那就是恶意歪曲我的话。""倘若是这样，老板娘，"K说，"那就请您原谅，是我误会了您的意思；我原来以为从您以前的话里听出我还有一丝希望，现在看来是我弄错了。""不错，"女店主说，"这固然是我的意思，不过您又在歪曲我的话了，只是这一次是从反面来歪曲。我认为您有这样一种希望，不过只能寄托在这份记录上。但是情况并非如此，不像您可以简单地问秘书先生：'如果我回答问题,我就能见到克拉姆吗?'小孩子这样问,人们都会好笑,大人这样问,那就是对官方的侮辱,秘书先生只是用巧妙的回答宽厚地掩盖了这一点。但是我说的希望就是通过这份记录,您可以取得一种联系,或许是和克拉姆取得一种联系。难道这希望还不够吗? 如果问您有什么功劳配得到这样的希望,您能不能说出一丁点儿来? 当然,关于这种希望,不能说得更具体了,尤其是秘书先生以他的官方身份连一丝暗示也不能给您。对他来说,正像他所说的,只是照章办事,把今天下午发生的事情记录下来;即使您现在就用我的话来问他,他也不会再说什么。""那么,秘书先生,"K问,"克拉姆会看这份记录吗?""不会,"莫穆斯说,"他干吗要看呢? 克拉姆不可能每一份记录都看,他甚至一份都不看。他常说:'把你们的记录都给我拿走!'""土地测量员先生,"女店主抱怨说,"您这种问题叫我都听烦了。难道有必要让克拉姆看这份记录,逐字逐句地了解你的生活琐事?或者这也值得去追求吗?您还不如苦苦哀求别让克拉姆看见这份记录,再者这个请求和前一个请求一样不明智——因为有谁能在克拉姆面前隐瞒什么事情呢?不过这个请求却显示出一种更讨人喜欢的性质。难道这对您所谓的希望是必要的吗?您自己不是说过,您只要有机会在克拉姆面前讲话,即使他不看您,不听您讲,您也就满足了?通过这份记录,您不是至少可以达到这个目的,也许还不止这些呢?""不止这些?"K问。"用什么方式?""请您别老是像孩子一样,什么都想马上就能吃到现成的!"女店主大声说道,"谁能回答这样的问题?这份记录要放入克拉姆的村记事簿,这您已听说了,再多就不能明说了。可是您是否已经知道这份记录、秘书先生以及村记事簿的全部重要意义?您知道,秘书先生审问您,这意味着什么?也许很可能连他自己也不知道。

他静静地坐在这儿，履行自己的职责，如他所说，照章办事。可是您想一想，他是克拉姆任命的，以克拉姆的名义办事，他所做的事一开始就得到克拉姆同意的，即使这些事永远到不了克拉姆那里。凡是不符合他心意的事情，又怎能得到克拉姆的同意呢？我并不是想愚蠢地讨好秘书先生，他自己也不会允许我这样做，可我谈的并不是他作为独立的人，而是指他在得到克拉姆同意的时候是怎么一回事，正如现在一样：他是克拉姆手中的工具，谁不服从他，谁就要吃苦头。"

女店主的恫吓并没有使 K 感到害怕，对于她想用来使他就范的希望，他已感到厌烦。克拉姆离他还远着哩。女店主有一次曾把克拉姆比做一只鹰，那时 K 觉得可笑，现在他却不觉得可笑了；他想到克拉姆高不可攀，想到他那无法攻克的住宅，想到他的沉默，也许只有 K 还从来没有听到过的呼喊才能打破这种沉默，想到他那永远也不能证明、永远也不能否认的傲视一切的目光，想到他在上面按照不可理解的法则兜圈子，K在下面无法破坏它，只在一瞬间才能看到它——这一切都是克拉姆和鹰的共同之处。可是这些显然与那份记录毫不相干。现在莫穆斯正在那份记录上面掰开一块8字形椒盐脆饼，就着啤酒吃起来，弄得所有的文件上都撒上了盐和小茴香子。

"晚安，"K说，"我不喜欢任何审问。"说罢他现在真的向门口走去。"他还是走了。"莫穆斯几乎忧心忡忡地对女店主说。"谅他不敢。"女店主说，再多K就听不到了，他已经走到前厅。[18] 天气很冷，还刮着大风。店主从对面一扇门里走出来，他似乎刚才在那儿一个窥视孔后面观察前厅的动静。他不得不拢住外套的下摆裹住自己的身体，因为前厅里风也很大，吹得外套直往上翻。"您这就走了，土地测量员先生？"他说。"您觉得奇怪吗？"K问。"是的，"店主说,"难道您没有被审问么?""没有,"K 说,"我不接受审问。""为什么?"店主问。"我不知道,"K 说,"我干吗要接受审问,我干吗要听从别人的戏弄或官方的心血来潮。也许另一次我也会戏弄别人或心血来潮而接受审问,可是今天不行。""是呀,当然。"店主说,但这只是出于礼貌,而不是心悦诚服的赞同。"现在我得让跟班们进酒吧了,"接着他说,"他们的时候早就到了。我只是不想打扰审问。""您认为审问是那么重要吗?"K 问。"是啊。"店主说。"这么说,我不该拒绝了。"K 说。"是的,"店主说,"您不该拒绝。"他看见 K 闭口无言,不知是安慰 K 呢,还是想快点脱身,便又加了一句:"好了,好了,天不会因此就塌下来。""是的,"K 说,"看来天是不会塌下来的。"说罢他们就笑着分手了。

Franz Kafka
Das erzählerische Werk

Das Schloss

第十章

K走出门外，来到狂风怒号的台阶上，向黑暗中望去。天气很坏，很坏。他不知怎么联想起女店主怎样竭力要他向那份记录屈服，但他又是怎样坚持不屈的。女店主当然并没有明目张胆地这样做，而且她同时还暗地里使劲叫他回避那份记录；他到底也不知道，自己是顶住了呢，还是屈服了。一个本性阴险狡猾的人，如同狂风一样似乎在盲目行动，遵照你永远看不到的远处的陌生指令在行动。

他在大路上还没有走几步，就看见远处有两盏灯笼在晃动；这种生命的标志使他感到欣喜，他急忙向灯光走去，而灯光也向他迎面飘飘悠悠地移动过来。他认出来人是那两个助手，感到非常失望，他不知道是为什么。他们大概是弗丽达派来接他的，把他从四周狂风怒号的黑暗中解救出来的灯笼也是他自己的，但他还是感到失望,他期望遇到陌生人,而不是成为他负担的这两个老熟人。但是来的不仅是两个助手,在他们之间,从黑暗中走出巴纳巴斯。"巴纳巴斯!"K叫道并向他伸出手去。"你是来找我的吗?"重逢的惊喜,最初使K把巴纳巴斯曾给他造成的一切不愉快都抛在脑后。"是来找你的,"巴纳巴斯还是一如既往友好地说,"有克拉姆的一封信。""克拉姆的信!"K说,头向后一仰,急忙从巴纳巴斯手中取过信。"拿灯来!"他对助手说,这两人一左一右紧挨着他,举起灯笼。为了不让风把那张大信纸吹跑,K只好把它折得很小来读。他读道:"致桥头客栈土地测量员先生! 我很赞赏您迄今所做的土地测量工作,助手的工作也值得赞扬。您善于督促他们工作。希望您继续努力,不要松懈,善始善终。如中断工作,将令我不快。此外请放心,薪金问题即将决定。我一直关注着您。"助手们读得比他慢得多,他们为了庆祝这个好消息,挥舞灯笼，高声欢呼了三次，这时 K 才从信上抬起头来。"安静！"他说，接着对巴纳巴斯说："这是一个误会。"巴纳巴斯不明白他的意思。"这是一个误会。"K 又说了一遍，下午的那种疲劳感觉又向他袭来，他觉得到学校去的路还很远，在巴纳巴斯后面似乎出现了他的全家，两个助手仍旧紧紧挤靠在他身旁，使他不得不用胳膊肘把他们推开。弗丽达怎么会派他们来接他呢，因为他曾经命令他们留在她身边。他一人也会找到回家的路的，一个人走比跟这伙人走还要轻松些。此外，一个助手脖子上围了一条围巾，垂下的两端在风中飘拂，有几次打到 K 的脸上，另一个助手虽然总是立刻用他那又长又尖、一刻不停的手指把围巾从 K 的脸上撩开，但是仍旧无济于事。两人似乎甚至觉得这样来来去去很有趣，犹如狂风和不平静的夜晚都使他们兴奋一样。"滚开！"K 大喝一声，"你们既然来接我，为什么不把我的手杖带来？现在叫我拿什么东西来赶你们回家？"他们缩到巴纳巴斯身后，但是他们并没有那么害怕，还一左一右地把灯笼举到他们保护人的肩上，可是他立刻把灯笼甩掉了。"巴纳巴斯。"K说，他看到巴纳巴斯显然没有理解他的意思，知道在太平无事的时候他的外套闪闪发光，看上去很漂亮，可是如果情况变得严重起来，却得不到他的帮助，只会遇到无声的反抗，而对付这种反抗，他是无能为力的，因为巴纳巴斯自己就毫无抵抗能力，只会乐呵呵地微笑，可这是无济于事的，如同天上的星星对这儿地上的风暴无能为力一样，所以他感到心情很沉重。"你看这位老爷给我写了些什么，"K说，把信举到他面前，"老爷了解的情况是错误的。我并没有搞什么测量工作，至于这两个助手有什么用，你自己可以看到。我没有做的工作，当然也就无法中断，我连引起老爷的不快也做不到，又怎么能得到他的赞赏呢！至于放心，我是永远也做不到的。""我会转达的。"巴纳巴斯说，他的眼睛骨碌碌地在那封信上转来转去，但是根本看不清，因为信离他的脸太近了。"唉，"K说，"你答应要转达我的话，可我真的能相信你吗？我多么需要一个信得过的信差，现在比任何时候都更需要。"K不耐烦地咬着嘴唇。"先生，"巴纳巴斯微微偏着头——这几乎又诱使K去相信他了——说，"我一定会转达的；你上次要我转达的口信，我也一定带到。""什么！"K嚷道，"难道你还没有把它带到？你第二天没有到城堡去吗？""没有。"巴纳巴斯说，"我的慈父上了年岁，你见过他，正巧当时有许多活儿，我得帮他干，不过现在我马上就要再去城堡一次。""你这是在干什么，你这个叫人猜不透的家伙？"K用拳头捶自己的额头说，"难道克拉姆的事情不比其他任何事情更重要？你身负信差的重任，干得却如此差劲？你父亲的活儿算得了什么？克拉姆在等待消息，而你不是十万火急地给他送去，倒宁肯去清扫马厩。""我父亲是鞋匠,"巴纳巴斯不受影响地说,"他从布龙斯维克那儿接到一批订货,我是父亲的帮工。""鞋匠——订货——布龙斯维克,"K愤然喊道,好像他要永远消灭这每一个字似的,"在这些永远没有人走的街道上,谁需要靴子?这鞋匠活儿和我又有什么关系?我托你带信,并不是让你坐在鞋匠凳上把它忘掉,把它弄乱,而是让你马上把它送给老爷的。"K想起克拉姆这一阵大概不在城堡而是在贵宾饭店时,心情稍稍平静了一点,可是巴纳巴斯为了要证明他并没有忘记K的第一个口信,便背诵起来,这又把K惹火了。"够了,我什么也不想听了。"K说。"别生我的气,先生。"巴纳巴斯说,好像无意识地想要惩罚K似的,把目光从K的身上收了回来,垂着眼皮,其实那是因为K的大叫大嚷而感到震惊而已。"我并没有生你的气,"K说,现在把怒气转向自己,"不是生你的气,不过我只有这样一个信差来转达最重要的事，对我来说是很糟糕的。"

"你看，"巴纳巴斯说，似乎为了维护自己的信差荣誉，他说了本不该说的话，"克拉姆并没有在等你的消息，我去甚至会使他生气。'又有新消息了。'他有一次说。每当他看见我从远处来了，通常会站起身来，走到隔壁房间里去，不肯见我。而且又没有规定，我一有信就该立刻送去，如果有这样的规定，我自然就会立刻送去，可是并没有这样的规定，而且，要是我从来不去，也不会有人督促我。我送信完全是出于自愿。"

"好了。"K说，盯着巴纳巴斯，故意不去理会那两个助手。他们轮流从巴纳巴斯肩膀后面慢慢地探出头来，好像是从舞台的地板门里升上来似的，然后模仿着风声轻轻地吹一声口哨，又急忙缩回去，像是看见K就吓了一跳。他们就这样闹着玩儿了许久。"克拉姆那儿的情况如何，我不知道；可是我怀疑你对那儿情况是否都一清二楚,即使你都了解,我们也不能使这些事情变好。不过,送一个口信去,这你能办到,我请你办这事。很简短的口信。你能不能明天就送去,当天就把答复告诉我,或者至少把接待你的情形告诉我? 你能不能这么做? 你肯不肯这么做? 这就帮了我的大忙啦,或许我还会有机会给你相应的报答,或者也许你现在就有什么愿望,我能帮你实现。""我一定完成这个任务。"巴纳巴斯说。"你要尽力做好这件事,把这个口信带给克拉姆本人,取得克拉姆本人的答复,这一切都要在明天上午就办,你愿意吗?"

"我会尽力而为的,"巴纳巴斯说,"我一向都是这样做的。""这一点我们现在就不要再争论了,"K 说,"这个口信就是:土地测量员 K 请求主任大人准许他面见主任本人;他一开始就接受与此有关的任何条件。他不得已提出此请求,因为到现在为止所有中间人都已完全不起作用。

他提出下面这一点来证明：直到现在，他一点测量工作也没有做过，而且根据村长的通知，他也永远不会做此工作，因此他读到主任大人最近来信时深感羞愧，惟有亲自面见主任大人方能解决问题。土地测量员自知这个请求不太得体，但他将尽力不使主任大人感到为难，他接受任何时间限制，也接受谈话字数的规定，如果认为有必要加以规定的话，他相信说十个字就已足够。他怀着崇高的敬意和极为焦急的心情期待定夺。"K说话时出了神，好像自己站在克拉姆的门前同看门人讲话似的。"这个口信比我原先想的长多了，"之后他说，"可是你得口头转达，我不想写信，写出来又只会像所有公文一样没完没了地旅行。"K叫一个助手给他打灯笼，把一张纸放在另一个助手的背上，草草地写了下来，只是供巴纳巴斯记住之用，可是K已经能按巴纳巴斯的口授把内容记下来，因为巴纳巴斯已经全都记住了，不顾那两个助手错误的提示,能一字不差地背出来。"你的记性真好,"K说,把那张纸交给他,"不过现在请你在别的方面也表现得如此出色。你的要求呢?没有? 老实对你说,如果你有什么要求,我对这个口信的命运反而会放心一些。"巴纳巴斯起初一声不吭,后来他说:"我的姐姐和妹妹向你问好。""你的姐姐和妹妹,"K说,"哦,对,那两位又高又壮的姑娘。""她们俩都向你问好,特别是阿玛丽亚,"巴纳巴斯说,"你这封信也是她今天从城堡带给我的。"K不顾其他一切抓住这条消息,问道:"她是否也能把我的口信带到城堡去? 或者你们两个人能不能都去,各自去碰碰运气?""阿玛丽亚不能进入办公厅,"巴纳巴斯说,"不然她一定会乐意效劳。""也许明天我会去看你们,"K说,"不过你要先把回音送给我。我在学校里等你。也替我向你的姐妹问好。"K的许诺似乎使巴纳巴斯十分快乐,在握手告别后他还轻轻拍了拍K的肩膀。K虽然笑了,但觉得这一拍是一种嘉奖,好像一切又像当时巴纳巴斯第一次神气十足地走到客栈店堂里的庄稼人中间时一样。K心情好一些了,在回家的路上听任两个助手为所欲为。

Franz Kafka
Das erzählerische Werk

Das Schloss

第十二章

回到家里,他全身都冻僵了。到处都是漆黑一片,灯笼里的蜡烛已经点完,助手们已经熟悉这儿的路,领着他摸索着走进一间教室。"你们第一个值得表扬的功劳。"他想起克拉姆的信,说道;弗丽达半睡半醒地从一个角落里叫道:"让K睡吧!不要打扰他!"她就这样一心一意地想着K,即使她已困得不能坐等他回来。现在灯点亮了,但是无法把灯捻得很亮,因为灯里的煤油已所剩无几了。新居尚有许多不足之处。虽然屋子生过火,可是这间也当做体操房用的大屋子——体操器械放在周围和挂在天花板下——已经把全部储存的木柴都烧完了,他们向K保证,屋子里也曾经很暖和舒适,可惜现在又变得冰冷了。棚屋里倒是有大量木柴,可是门锁着,钥匙在教师那儿,而教师只允许在上课时间用木柴生火取暖。如果有床可以藏身,那倒还能将就。可是在这方面那儿只有一个草垫子，上面铺了弗丽达的一条羊毛披肩，干干净净值得赞扬，但没有鸭绒被，只有两条又粗又硬的毯子，几乎无法御寒，此外就一无所有了。就连那个寒碜的草垫子，助手们也在眼巴巴地盯着，不过他们自然没有希望获准躺在上面。弗丽达怯生生地望着K；她善于把一间屋子，即使是最简陋的屋子，也布置得舒舒服服，她在桥头客栈就已显过身手，可是这儿她一无所有，巧妇难为无米之炊。"我们屋子里的惟一装饰品就是这些体操器械了。"她含着眼泪苦笑着说。但是她满口答应明天就设法解决缺乏卧具和供暖这个最大的问题，恳求K暂且忍耐一下。虽然K——他自己心中有数——先把她从贵宾饭店，现在又把她从桥头客栈拉了出来，可是她没有一句话、没有一点暗示、没有一丝表情表明她心里对K哪怕怀有一丝一毫的怨恨。因此K也尽力觉得一切都还过得去，他也根本不难做到这一点，因为他的心已随巴纳巴斯而去，逐字逐句地复述他的口信，但不是像他交给巴纳巴斯时那样，而是在想象中当面向克拉姆转达。同时他也满心欢喜地看着弗丽达在酒精炉上为他煮咖啡，他靠在正在变冷的火炉上，望着弗丽达动作利索娴熟地把那块少不了的白桌布铺在讲课桌上，放上一只有花纹的咖啡杯，接着又放上面包和熏肉，甚至还有一罐沙丁鱼。现在一切俱已准备停当，弗丽达也没有吃过晚饭，她一直在等K。有两把椅子，K和弗丽达便在桌子旁坐下来，两个助手坐在他们脚下的讲台上，可是他们从来就没有安静的时候，吃饭时也捣蛋。他们虽然每样东西都分到不少，而且还远远没有吃完，但是仍时不时站起来看看桌子上是否还剩下很多，是否还能分到一些什么。K没有理会他们，弗丽达的笑声才使他注意到他们。他亲切地用自己的手在桌子上按着她的手，低声问她为什么这样迁就他们，甚至对他们的淘气都那么客气。这样下去就永远也别想摆脱他们，如果对他们厉害一些——其实他们的行为也需要如此对待他们——就可以约束他们，或者更有可能并且也更好是使他们讨厌自己的工作，最后溜之大吉。学校这儿看来不会住得很舒适，不过反正也不会长住下去。但是如果助手走了，他们俩单独住在这清静的房子里，一切欠缺就不大会注意到了。难道她就没有发现，两个助手一天比一天更放肆，仿佛其实是弗丽达在场才使他们胆壮，而且希望 K 在她面前不会像平时那样对他们那么严厉。再说，也许有什么十分简单的办法，毫不费事就能立即摆脱他们，也许弗丽达就知道有什么办法，因为她对当地的情况如此熟悉。对助手们自己来说，如果用什么办法摆脱他们，大概也求之不得，因为他们在这儿过得并不舒坦。即使是他们迄今为止享受的懒散生活至少也会部分终止，因为他们得干活，而弗丽达经过这几天的激动和纷扰，需要好生将养，而他，K，也要忙于想办法摆脱他们的困境。不过，要是助手离开的话，他便会感到如释重负，除了其他事情之外，他还可以轻松地完成校役的全部工作。

弗丽达仔细听他说完，温柔地抚摩着他的手臂说，这一切也是她的意见，不过他把助手的淘气行为也许看得过于严重了，他们都是年轻的小伙子，快快活活，傻呵呵的，第一次为一个外乡人当差，逃脱城堡的严格纪律，因此总是有点激动，少见多怪，在这种情况下有时就会干傻事，自然叫人恼火，但是更明智的做法是一笑了之。她有时就忍俊不禁。话虽如此，她还是完全同意K的意见，最好是把助手打发走，让他们俩单独过日子。她挨近K，把脸贴在他的肩上，说了一句很难听懂的话，使K不得不向她弯下身子。她说，她不知道有什么办法可以对付这两个助手，她担心K所提的一切都不会奏效。据她所知,是 K 自己要求派他们来的,现在他有了他们,就得把他们留下来。最好是别太认真把他们当成一回事,他们实际上都是没心眼的人,这样也就不会嫌弃他们了。

K 对她的回答不满意;他半开玩笑半认真地说,她好像和他们穿连裆裤,或者至少很喜欢他们;不错,他们是漂亮的小伙子,可是只要有决心,没有谁是甩不掉的,他会在这两个助手身上向她证明能做到这一点。

弗丽达说,倘若他能做到,她将感恩不尽。此外,从现在起,她再也不笑他们了,也不跟他们说不必要的话。总是给两个男人监视着,确实也不是什么小事,她已经学会用他的眼光来看他们。当这两个助手现在又站起来,一半为了看看还有什么吃的东西,一半是想弄清楚他们不停地叽叽咕咕在说些什么的时候,她也确实吓了一跳。

K利用这个机会来加强弗丽达对两个助手的厌恶情绪,把她拉到自己身边。他们并肩坐着吃完饭。现在该睡觉了。大家都很困,有一个助手甚至吃着饭就睡着了,这使另一个助手十分开心,他想叫主人去看睡着的那个人的憨态,但是没有成功,K和弗丽达坐在上面不予理会。屋内冷得已令人难以忍受,他们拿不定主意是否也去睡觉,最后K说,屋里还得生火,否则就无法睡觉。他想找一把斧子,助手知道什么地方有一把,便去拿了来,于是他们就到柴房去。不消一会儿工夫,那扇薄板门就被砸开了;两个助手欣喜若狂,好像还从未经历过这种美事似的,你追我赶,互相推推搡搡,动手把木柴搬到教室里去,很快就弄来了一大堆,生起火来。大家围着火炉睡下。两个助手分到一条毯子裹身,他们有一条也够了,因为讲好他们两人中要有一个醒着给炉子添火。没过多久,炉子旁边就已经热得根本不再需要盖毯子了。灯熄了，K和弗丽达在温暖和静谧中幸福地伸开四肢，酣然入睡了。

夜里K被什么响声惊醒了。他在睡意蒙眬中首先伸手去摸弗丽达，发现睡在他身边的不是弗丽达，而是一个助手。可能是因为突然被惊醒本来就容易激动，这一下更使得他大惊失色，他自从进村以来还没有这样惊吓过。他大叫一声，坐了起来，昏头昏脑地打了那个助手一拳，打得他哭了起来。不过一会儿事情就弄清楚了。弗丽达说——至少她觉得这样——有一只大动物，可能是一只猫，跳到她胸脯上，然后马上又跑掉了。她被惊醒了，起身点了一支蜡烛，满屋子去找。一个助手抓住这个机会，躺到草垫子上享受片刻，现在他已后悔不迭。然而弗丽达什么也没有找到，也许只是一种错觉。于是，她回到K那儿去，走过那蜷缩着身子呜咽的助手身边时摸摸他的头发安慰他，好像已把晚上的那一番话抛到九霄云外了。K对此没有说什么,只是吩咐助手停止添火,因为他们搞来的那一大堆木柴已快烧完了,屋子里已经太热了。

第十二章

早晨，第一批小学生已来到学校，好奇地围着他们睡觉的地方，这时他们才醒来。这场面很难堪，因为夜里屋子里太热，大家都脱掉了衣服，只剩下衬衣，可是现在到了清晨，屋子里又寒气逼人。正当他们开始穿衣服的时候，女教师吉莎出现在门口。她是一个身材高大、年轻美貌的金发女郎，只是有点拘谨。她显然已经知道新来的校役，而且可能也得到了男教师的有关指示，所以她在门口就说："我不能容忍这种情况，这可真够瞧的。你们只获准睡在教室里，可我没有义务在你们的卧室里上课。校役一家人睡到大天白日还不起床。呸！"Ｋ想：好吧，对此本来得说几句，尤其是关于他一家人和床铺的问题。Ｋ一面想，一面同弗丽达——两个助手派不上用场，他们躺在地上惊奇地注视着女教师和孩子们——赶紧把双杠和鞍马推过来,蒙上毯子,这样便隔出一小间,至少可以避开孩子们的目光,在里面穿衣服。可是他们一刻也不得安静,女教师光是因为脸盆里没有干净水就骂骂咧咧;K刚想把脸盆拿来给自己和弗丽达盥洗,便暂且放弃这个念头,以免过分刺激女教师,但是这也毫无用处,因为紧接着就是哗啦一声,不幸他们忘记把夜里的残羹剩饭从讲台上撤走,女教师用戒尺把所有的东西都拨到地上;沙丁鱼油和喝剩的咖啡溅了一地,咖啡壶也摔得粉碎,女教师根本不管,反正校役马上就会打扫干净。K和弗丽达还没有完全穿好衣服,靠在双杠上看着他们小小的家当遭到毁坏;两个助手显然根本没有想到穿衣服,从下面在毯子之间探头探脑,逗得孩子们十分开心。最使弗丽达伤心的自然是咖啡壶碎了;K安慰她说,他马上就去见村长要求赔偿,并且一定会得到赔偿的,她这才打起精神,只穿着衬衣和衬裙,从圈起来的地方跑出去,至少想把那块桌布拿来,免得它被进一步弄脏。她也做到了,尽管女教师不停地令人心烦地用戒尺敲打桌子吓唬她。K和弗丽达穿好衣服以后,还得催促好像被这些事弄得晕头转向的助手穿衣服,不仅吩咐和催逼,甚至还亲手帮他们穿上部分衣服。一切都准备停当以后,K就分配下一步的工作:两个助手去拿木柴生火,但是先得给另一间教室生炉子,那儿还有很大的危险——因为男教师可能已经在那间教室里了。弗丽达擦地,K去打水并收拾其他的东西;早餐暂时无法考虑。为了大体上了解女教师的情绪,K想先走出去,让其余的人听到他叫的时候再出来。他这样安排,一方面是因为他不愿从一开始就因助手的任何蠢事而使局势恶化,另一方面他想尽量顾惜弗丽达,因为她有虚荣心,而他没有,她很敏感,而他不敏感,她想到的只是眼前种种令人烦心的琐事,而他想到的却是巴纳巴斯和未来。弗丽达完全听从他的一切指示,眼睛几乎从来不离开他。他刚一露面,女教师就在孩子们如今没完没了的哄笑声中嚷道:"喂,睡醒了吗?"K没有理会——因为这其实并不是在问他——并向脸盆架走去,于是女教师又问:"您对我的猫究竟是怎么搞的?"一只又肥又大的老猫正懒洋洋地伸直四肢躺在桌上,女教师正在检查它那显然受了一点轻伤的脚爪。这么说,弗丽达并没有错,虽然这只猫并没有跳到她身上,因为它已跳不动了,但从她身上爬了过去,当它看到这间平常空着的屋子里有人的时候,吓得急忙躲起来,它已不习惯于这种匆忙,因此把爪子碰伤了。K试图平心静气地向女教师解释,可是她只看到老猫受伤,说:"好啊,是你们把它弄伤的,你们一来就这么干!您看看吧!"她把K叫到讲台上去,让他看猫爪,没想到她三下五除二,拿着猫爪就在他手背上抓了一下;猫爪虽然已钝,可是女教师这一次不顾惜老猫了,使劲摁着猫爪,在K手背上抓出了几道血印。"现在干您的活去吧。"她不耐烦地说，又低下头去看猫。弗丽达和助手一直躲在双杠后面看着，看到血便喊起来。K举起手让孩子们看，说："你们看，一只狡猾凶恶的母猫把我抓成这个样子。"他当然并不是说给孩子们听的，他们又嚷又笑，闹个不停，不再需要什么挑逗或刺激，说什么话也不管用。女教师听了这句侮辱的话，也仅仅瞟了K一眼，接着又忙于去照料她的猫，最初的怒气看来已由于这流血的惩罚而平息了，于是K把弗丽达和助手叫出来，开始干活。

正当K把一桶脏水提出去倒掉，提了一桶清水来，开始打扫教室的时候，一个大约十二岁的男孩从课桌后走出来，碰了碰K的手，说了一句什么话，在一片嘈杂声中根本听不清楚。这时一切嘈杂声突然都停止了，K转过身去，整个早晨一直在担心的事发生了。男教师站在门口，这个身材矮小的人一手抓住一个助手的领子，看来他们是在取木柴时被他逮住的，因为他用洪亮的声音一字一顿地喊道："谁胆敢砸开柴房的门？那个家伙在哪儿？我要把他粉身碎骨！"弗丽达正在费劲地擦洗女教师脚下的地面，这时站了起来，向着 K 看去，似乎想从他那儿获得力量似的，她的目光和神态还带着一些往日的傲气，说："是我干的，教师先生。我想不出别的办法。教室要早早生火，就得打开柴房门；我不敢在半夜里找您要钥匙；我的未婚夫当时正在贵宾饭店，可能在那儿过夜，所以我就只好自作主张。要是我做错了，请原谅我没有经验；我的未婚夫看到这事以后，已经把我骂得够受的啦。是呀，他甚至不让我早早生火，因为他认为，您把柴房锁上，就表示您不愿在您本人到校以前生火，所以，没有生火是他的过错，而砸开柴房门却是我的过错。""是谁把柴房门砸开的？"男教师问两个助手，他们还在竭力想从他手中挣脱出来，但没有成功。"是这位先生。"两人回答,为了免生怀疑,还用手指着K。弗丽达笑了,这一笑似乎胜过她的言词,更能说明问题,接着她开始在桶里拧干擦地用的抹布,好像她的解释已经结束了这桩公案,助手的供认只是事后开个玩笑而已;当她重又跪下准备干活的时候,她才又说:"我们的助手都是孩子,年纪虽然不小了,但还得上学念书。昨天晚上就是我一个人用斧子把门砸开的,这很容易,我不需要助手帮忙,他们只会添乱。后来我的未婚夫夜里回来后,跑出去看门的损坏程度,能不能修好,助手也跟去了,也许是怕单独留下来。他们看见我的未婚夫正在摆弄那扇破门,所以现在说 —— 就是嘛,他们是孩子 ——"

在弗丽达解释时,两个助手一个劲地摇头,继续指着K,竭力想用默默的表情使弗丽达改变她的意见,但是他们看到没有效果,最后就屈服了,把弗丽达的话当做命令,对男教师再次提问不再回答。"噢,"教师说,"这么说,是你们在说谎?或者至少轻率地指责了校役?"他们仍然默不作声,但是他们战战兢兢的样子和惶恐的眼神似乎表明自知有罪。"那么我要马上狠狠地揍你们一顿。"男教师边说边派一个孩子到另一间屋子去拿藤鞭。后来当他举起藤鞭时,弗丽达叫道:"两个助手说的是实话!"她绝望地把抹布扔到水桶里,弄得水花四溅,接着跑到双杠后面藏了起来。"一群说谎的人。"女教师说。她刚包扎好猫的爪子,把它抱在怀里。猫又肥又大,怀里几乎容纳不下它。

"这么说,还是校役先生干的啦。"男教师把两个助手推开,转身对K说。K在这段时间内一直倚在扫帚柄上听着。"这位校役先生,由于胆怯,居然听凭有人冤枉别人干了自己干的丑事。""好了,"K说,他看出弗丽达的劝解使教师最初的狂怒打消了许多,"如果助手挨一点儿揍,我并不会觉得难过;他们有十次早该挨打而没有挨打，让他们在不该挨打的时候挨一次打，也不为过。而且，教师先生，如果能避免我和您发生直接冲突，那我是求之不得的，也许连您也是会高兴的。可是，既然弗丽达为了这两个助手牺牲了我——"K说到这儿停了一下，在寂静中可以听到毯子后面弗丽达的啜泣声——"现在自然就得把事情澄清。""真不要脸。"女教师说。"我和您的意见完全相同，吉莎小姐，"男教师说，"您这个校役犯了这可耻的渎职罪，自然马上就被解雇；我保留进一步给您处分的权利；现在，拿上您的全部东西，马上给我滚出学校去。我们真是可以松一口气，终于能够开始上课了。快滚！""我不会离开这儿，"K说，"您是我的上司，不过聘请我来的并不是您，而是村长，我只接受他的解聘。可是，他给我这个职位，并不是要我和我的家属在这儿冻死，而是——像您自己说过的那样——防止我采取鲁莽的绝望行动。因此，现在突然解雇我是完全违背他的本意的;除非我听到他亲口说出相反的话,我是不会相信的。况且,我不接受您的轻率解聘,可能对您也大有好处。""那么您是不接受了?"男教师问。K点点头。"您好好考虑考虑,"教师说,"您的决定并不总是最对的;比如您回想一下昨天下午您拒绝接受审问的事。""您为什么现在提起这件事?"K问。"我愿意,"男教师说,"现在我最后再说一遍:滚!"但是这也不起作用,男教师便走到讲台旁和女教师低声商量,她主张叫警察,但是男教师反对,最后他们取得一致意见,男教师要求孩子们到他的教室去,和其他的孩子合班上课。这个变更使大家都感到高兴,在嬉笑声中,孩子们立刻走出教室,男教师和吉莎小姐走在最后。吉莎小姐手里捧着点名册,上面躺着那只漠然无动于衷的大肥猫。男教师本想把猫留下,但是女教师提到K的残暴,坚决反对与此有关的暗示;于是,除了那许多恼火的事情以外,K又给男教师加上这只猫的负担。男教师走到门口时对K说的最后这几句话肯定也受到这件事的影响:"这位小姐迫不得已,带着孩子们离开这间教室,因为您拒不接受我的解聘通知,因为谁也不能要求她这样一个年轻姑娘在您这肮脏的家庭环境中上课。那您就一个人留下吧,您在这儿爱怎样胡来都可以,不会因为正派的目睹者的反感而受干扰。不过这是长不了的,我可以担保。"说罢,他砰的一声把房门关上。

Franz Kafka
Das erzählerische Werk

Das Schloss

第十三章

大家刚走出去，K就对两个助手说："出去！"他们被这个突如其来的命令弄糊涂了，就乖乖地服从了，但是当K在他们背后把门闩上时，他们又想进屋来，在外面呜咽着敲门。"你们被解雇了！"K叫道，"我再也不会要你们给我干活了。"他们当然不干，在房门上拳打脚踢。"让我们回到你身边，先生！"他们叫道，好像他们即将被洪水淹没，而K就是陆地似的。但是K并不心软，他不耐烦地等待这震耳欲聋的喧闹声将会迫使男教师跑来干涉。一会儿男教师果然来了。"让您这两个该死的助手进去！"他喊道。"我把他们解雇了！"K高声回答；这造成了意想不到的效果，使男教师看到一个人如果足够厉害，就不仅能辞退人，而且也能执行。于是男教师便对他们以好言相劝，只要他们安静地等在这儿，K最后还是会让他们进去的，说完他就走了。要不是K又开始对他们大声嚷嚷，说他们如今已被解雇，毫无商量余地，没有一丝复职希望，那么，他们也许会安静下来。一听到他这样说，他们又像刚才那样吵闹起来。男教师又来了，但这一次他不再和他们讲理，而是显然使用那根令人生畏的藤鞭把他们赶了出去。

不一会儿，他们出现在体操室的窗外，一面敲着玻璃窗，一面喊叫，但是他们的话已听不清了。他们在那儿也没有待多久，在深深的积雪中急得没法乱蹦乱跳。于是他们奔到校园栅栏前面，跳上石底座，虽然距离远了一点，但房间里的情况倒是能看得更清楚一些；他们扶着栅栏，在石座上跑来跑去，后来又站定下来，双手合十向K苦苦哀求。他们就这样折腾了很久，也不管这种努力毫无用处；他们好像走火入魔似的，当K放下窗帘以免看到他们时，他们也不罢休。

现在屋子里光线昏暗，K走到双杠那儿去找弗丽达。她一接触他的眼光，便站起身来，理理头发，擦干眼泪，默默地去煮咖啡。虽说她什么都知道了，但K还是正式向她宣布，他已经把两个助手解雇了。她只点了点头。K在一张课桌后面坐下，观察她那疲惫的动作。她过去总有一股生龙活虎和大胆泼辣的劲头，使她那微不足道的身体显得很美丽；现在这种美丽已经消逝。同K一起生活，短短几天就已使她面目全非。酒吧的工作并不轻松，但是很可能对她更合适。或者离开克拉姆是她憔悴的真正原因？与克拉姆亲近，使她具有如此巨大的诱惑力，正是这种诱惑力使K拜倒在她的石榴裙下，现在她在他的怀抱中枯萎了。

"弗丽达。"K说。她立刻放下咖啡磨，走到K的课桌旁边。[19]"你生我的气吗？"她问。"不，"K说，"我想你也不能不这样做。你在贵宾饭店生活得称心如意。我本该让你留在那儿的。""是的,"弗丽达伤心地凝视着前方说,"你本该让我留在那儿的。我不配和你一起生活。摆脱了我,你也许就能实现你的全部愿望。为了我,你屈从于专横的教师,接受这个卑微的职位,费尽九牛二虎之力谋求同克拉姆谈话。这都是为了我,而我却无以为报。""不,"K说,他用手臂搂着她以示安慰,"这一切都是无关紧要的事,不会使我伤心,我想见克拉姆,也不全是为了你。你为我做了多少事!我在认识你以前,在这儿真是走投无路。没有人收留我,我去找谁,谁就赶紧把我打发走。如果我能在什么人家里得到安宁,那些人又是我惟恐避之不及的,像巴纳巴斯一家人。""你躲避他们?不是吗?最亲爱的!"在这中间弗丽达欢快地叫了起来,在K犹犹豫豫地说了一声"是的"以后,她又变得没精打采了。K也不再有决心向她解释,由于他同弗丽达的结合,什么事情都变得有利于他了。他慢慢地从她那儿抽回胳膊,默默地坐了一会儿,直到后来弗丽达——好像K的手臂给了她温暖,现在她再也缺少不了它了——说:"这儿的生活我一定会受不了。如果你愿意留住我,我们就得移居国外,到某一个地方去,到法国南部去,到西班牙去。""我不能移居国外,"K说,"我到这儿来就是想在这儿待下来。我要待在这儿。"接着又自言自语地加了一句:"除了想在这儿待下来,难道还有什么能吸引我到这个荒凉的地方来?"这句话是矛盾的,但他并不想进行解释。接着他又说:"可是你也愿意待在这儿的呀,这儿毕竟是你的故乡。你只因为失去了克拉姆,才产生了悲观绝望的念头。""我失去了克拉姆?"弗丽达说,"克拉姆在这儿有的是,克拉姆太多了;为了甩掉他,我才想走。我心中想的不是克拉姆,而是你,为了你,我才想走;因为这儿大家都在争夺我,我不能把心思全部放在你的身上。如果我能平静地和你一起生活,就是撕下这漂亮的面具,容貌变丑,我也在所不惜。"K从这番话里只听出了一点。"克拉姆还一直同你有联系吗?"他立刻问,"他叫你去吗?""克拉姆的情况我什么都不知道,"弗丽达说,"现在我说的是别人,比如那两个助手。""哦,那两个助手!"K惊异地说,"他们在跟踪你?""难道你没有发觉?"弗丽达问。"没有,"K说,他竭力回想,但想不起什么具体细节,"他们确实是纠缠不休的小色鬼,可我并没有发现他们胆敢碰你一下。""没有吗?"弗丽达说,"你没有注意到他们赖在桥头客栈我们的房间里不肯出去。他们妒忌地监视着我们的关系,有一个昨晚还躺到草垫子上我躺的地方,他们刚才还做了不利于你的供认,目的是把你赶跑,搞垮你,好和我单独在一起。这些你都没有注意到?"K望着弗丽达,没有回答。对助手的这些指控诚然一点不假,但是也都可以解释成为并没有多大恶意,而是这两个人本性幼稚可笑、自由散漫、放荡不羁。而且,他们总是尽力跟着K到处跑,不留下来跟弗丽达在一起,这不是可以说明对他们的指控是莫须有吗?K提到了这一类事情。"假惺惺,"弗丽达说,"你难道没有看出来?是的,如果不是因为这些原因,那你为什么把他们赶跑?"说罢她走到窗前,把窗帘稍稍拉开一点,向外探望,然后叫K过去。外面那两个助手依旧站在栅栏旁边,尽管他们显而易见已十分疲劳,但是他们仍然时时打起精神,伸出双臂对着学校苦苦哀求。有一个把外套从背后套在栅栏的一根铁条上,这样他就用不着老要抓住栅栏了。

"可怜虫!可怜虫!"弗丽达说。

"你问我为什么撵走他们?"K问,"你是直接的起因。""我?"弗丽达问,眼睛仍旧没有离开窗外。"因为你对助手太客气了,"K说,"你原谅他们的放肆,给他们笑脸看,摸他们的头发,老是同情他们,你又说'可怜虫,可怜虫',最后是早上的那一件事,为了不让他们挨打，你竟不惜抛出我作为代价。""正是这样，"弗丽达说，"我就是这样说的，这正是使我不快乐，使我难以和你亲近的原因，虽然我认为和你在一起，天长地久，永不分离，是我最大的幸福，虽然我梦见在这个世界上，不论是在这个村子里还是在别的什么地方，没有一处安静的地方可供我们谈情说爱，因此我希望有一座坟墓，又深又窄，在那里我们紧紧地搂抱着，难分难舍，我的脸藏在你的怀里，你的脸藏在我的怀里，没有人再会看到我们。可是这儿——看那两个助手！他们双手合十，并不是在求你，而是在求我。""而且望着他们的不是我，"K说，"而是你。""不错，是我，"弗丽达几乎生气地说，"我一直在说的就是这个。否则他们为什么对我紧追不舍，尽管他们是克拉姆的使者。""克拉姆的使者。"K说，他大吃一惊，虽然他马上觉得这一名称是很自然的。"克拉姆的使者，不错，"弗丽达说，"尽管他们是克拉姆的使者，可他们同时也是小傻瓜，为教育他们还需要揍他们。他们是多么丑陋的黑小鬼！他们的面孔看起来像是大人，甚至跟大学生差不离，可是他们的行为却是那么幼稚愚蠢，这反差是多么令人厌恶！你以为我没有看到这一点吗？我真替他们害臊。不过事情就是这样，我并不厌恶他们，而是为他们害臊。我总忍不住要看他们。别人该生他们的气的时候，我却只能一笑。别人想要打他们的时候，我却只能摸摸他们的头发。夜里我躺在你身边，不能入睡，只能越过你望着他们，一个紧紧裹着毯子睡着了，另一个跪在打开的炉门前添柴，我得向前弯下身子，差一点把你吵醒。使我受惊的不是那只猫[20]——啊，我熟悉猫，酒吧里打瞌睡也不得安生，老是受打扰，这我也习以为常——我怕的倒不是那只猫，我这是自相惊扰。根本用不着那么一只大老猫，有一点轻微的声音我就会吓一跳。我一会儿害怕你会醒来，一切都会结束，一会儿又跳起来点蜡烛，让你快醒来保护我。""这些我全都不知道，"K说，"我只是隐隐约约地有一点怀疑，所以就把他们撵走了；不过现在他们已经走了，也许会万事大吉的。""是的，他们总算走了，"弗丽达说，但是她愁眉苦脸，并不快乐，"可我们不知道他们是什么人。我心里管他们叫克拉姆的使者，那只是一句俏皮话，可也说不定是真的。他们的眼睛，那天真而炯炯有神的眼睛，不知怎么使我想起克拉姆的眼睛，是的，就是这样：有时从他们的眼睛里射穿我身体的就是克拉姆的目光。因此，我说我为他们感到害臊是不对的。我倒希望是真的。我知道，同样的行为要是发生在别的地方和别人身上，会是愚蠢和有失体统的，可是发生在他们身上就不是了。我怀着尊敬和钦佩的心情看着他们干傻事。但是，如果他们是克拉姆的使者，又有谁能帮助我们摆脱他们呢？再说，摆脱他们究竟好不好呢？如果不好，你岂不是得赶快把他们找回来？假如他们还会回来，你不是会感到高兴吗？""你要我把他们再放进来？"K问。"不，不，"弗丽达说，"我一点也不想要他们回来。看到他们现在奔进来，见到我时兴高采烈的劲头儿，像孩子一样跳来跳去，像大男人似的伸出手臂——这一套我也许根本就受不了。可是，当我又想到你继续对他们硬着心肠，说不定会使你自己见不到克拉姆，我就想竭尽全力使你避免那样的后果。在这种情况下，我希望你让他们进来。在这种情况下，K，就赶紧放他们进来！不要顾惜我，我有什么关系！我会尽力保护自己的；如果我该当失败，那么我就会失败，但我会意识到，这也是为了你的缘故。""你这么说，只能使我更加相信我对助手的判断是对的，"K说，"我决不会让他们进来。我把他们轰了出去，这至少证明，有可能控制他们，这也证明他们和克拉姆没有什么了不起的关系。昨天晚上我还接到克拉姆的一封信,可以看出克拉姆得到的有关助手的消息全不属实,这一点又会使人得出结论,他对他们完全是漠不关心的,因为要不是这样,他就一定能得到关于这两人的确切消息的。至于你从他们身上看到克拉姆的影子,那也不能证明什么,因为你不幸一直还受着老板娘的影响,处处都看到克拉姆的影子。你仍旧是克拉姆的情妇,还远远不是我的妻子。有时这使我很伤心,我觉得我仿佛失去了一切,这时我便有一种感觉,好像我刚到村子里来,可是又不像我当时真正来到这儿时那样满怀希望,而是意识到,等待我的只有失望,我将要一次又一次失望,备尝痛苦。不过这种感觉只是有时才有。"K看到弗丽达听了他的话时那种垂头丧气的神态,便又微笑地补充说:"其实这也证明了一件好事:你对我是多么重要。如果你现在要我在你和助手之间作选择,那他们就已经输了。在你和助手之间作选择,这是什么话! 现在我要永远摆脱他们，不提他们，也不想他们。再说，我们两人感到四肢无力，谁知道是不是因为我们还没有吃早饭的缘故？""有可能。"弗丽达疲惫地笑着说，又忙着去干她的活儿。K也重新拿起扫帚。

过了一会儿，有人轻轻敲门。"巴纳巴斯！"K叫了一声，扔下扫帚，跨了几大步就跑到门边。弗丽达望着他，没有什么比这个名字更使她吃惊了。K双手颤动，无法立刻把那把旧锁拧开。"我这就开。"他也不问究竟是谁在敲门，只是不停地重复着。接着他眼睁睁地看着从打开的房门走进来的并不是巴纳巴斯，而是那个曾想和他说话的小男孩。然而K不愿意再想起他。"你到这儿来干什么？"他说，"上课在隔壁。""我就是从那儿来的。"男孩说，他双手贴身直立，抬起褐色的大眼睛，从容不迫地望着K。"那你想干什么？快说！"K稍许向前弯下身子说，因为男孩子说话的声音很低。"我能帮你什么忙吗?"男孩问。"他要帮我们忙呢?"K对弗丽达说。接着他又对男孩说:"你叫什么名字?""汉斯·布龙斯维克,"男孩说,"四年级学生,马德莱妮巷鞋匠师傅奥托·布龙斯维克的儿子。""你瞧,你姓布龙斯维克。"K说,现在对他和善一点了。原来是这么一回事:汉斯看到女教师把K的手抓出了血印,心中非常气愤,刚才决定支持K。现在他冒着受严厉处罚的危险,像逃兵一样擅自从隔壁教室里悄悄地溜了出来。驱使他这样做的也许主要是孩子气的想法。他做什么都显示出一本正经的神气,也与那种想法相符合。只是开头他由于羞怯,显得有点拘束,但是很快就与K和弗丽达搞熟了,等他接到一杯热气腾腾的好咖啡以后,他就变得活泼起来,不认生了。他像放连珠炮似的发问,似乎想要尽快掌握要领,以便能够独自给K和弗丽达拿主意。他的神态里也有一点发号施令的味道,不过夹杂着孩童般的天真无邪，因此他们就半认真半开玩笑地乐意听他指挥。总之，他要求他们把注意力都放在他身上，一切工作都停下来了，早饭老是拖延下去。虽然他坐在一张课桌后面，K坐在讲台上，弗丽达坐在旁边的一张椅子上，但是看起来汉斯倒像是老师，正在考问他们，评定他们的回答；他柔和的嘴角上挂着一丝微笑，似乎暗示他诚然知道这不过是一场游戏，但是这却使他更加一本正经，或许掠过他唇边的也根本不是什么微笑，而是童年的幸福。奇怪的是，他很晚才承认，自从K上拉泽曼家去过以后他就认识K了。K非常高兴。"当时你是在那位太太脚边玩吧？"K问。"是的，"汉斯说，"那是我的母亲。"现在他得谈谈他的母亲了，但他只是吞吞吐吐，在一再的敦促下才开口。现在弄清楚了，他是一个小男孩，虽然有时说话的口气，特别是他提的问题——也许是由于K预感到将要发生的事情，但也许只是迫不及待的听者的错觉——几乎像是一个刚强坚毅、机智聪明、目光远大的大人，可是一会儿突然之间又只是一个学童，好多问题根本不懂，有的问题又误解了，由于少不更事，不懂得体谅人，说话声音太低，尽管一再向他指出这个缺点，他仍然声音不大，最后竟像赌气似地对有些迫切问题拒不作答，而且一点也不觉得尴尬，而一个大人是决不会这样的。那情形完全像是他认为只有自己才有发问的权利，而别人提问就是破坏什么规则，浪费时间。这时他会挺直身子，垂着头，噘起下唇，一声不响地坐上半天。弗丽达喜欢看到他这样，便经常向他提问，想以此方式使他默不作声；有时她也成功了，但是这却使 K 恼火。总的说来，他们了解到的情况并不多。汉斯的母亲有点病恹恹的，可是生的是什么病，却始终弄不清楚，那天布龙斯维克太太怀里抱的那个孩子是汉斯的妹妹，名叫弗丽达（汉斯听说妹妹和这个向他盘问的太太同名并不高兴），他们都住在村子里，但并不和拉泽曼住在一起，他们只是去那儿串门洗澡，因为拉泽曼有一个大木盆，小孩子们——但汉斯并不属于此列——非常喜欢在那儿洗澡玩水；汉斯说起他的父亲，有时毕恭毕敬，有时战战兢兢，但只是在不同时讲起母亲时才提起父亲，与母亲相比，父亲显然并不重要，此外，不管他们怎样设法打听，对一切有关这一家人生活情况的问题他始终概不回答。关于他父亲的营生，K 得知他是当地最大的鞋铺老板，没有人能比得上他，在回答完全不同的问题时他也反复地说，他父亲甚至还把活儿让给别的鞋匠去做，例如巴纳巴斯的父亲；他父亲把活儿让给巴纳巴斯的父亲去做，完全是出于格外施恩，汉斯自豪地掉过头来，至少就暗示了这一点；这个动作引得弗丽达跳下讲台去吻了他一下。问他有没有去过城堡，只是在反复问过好几遍以后，他才答了一声"没有"；问她母亲有没有去过城堡，他根本不予回答，最后 K

都问烦了；他也觉得问不出个所以然来，他承认这个男孩做得对，再说，用拐弯抹角的方法想从一个天真无邪的孩子口里套出人家的家庭隐私，也不是什么光彩的事，可是在这儿也没有打听到什么，那就加倍丢人了。最后K问男孩究竟想帮什么忙，当他听说汉斯只想在这儿帮他干活，免得男教师和女教师再痛骂他时，他已经不再感到奇怪了。K向汉斯说，他不需要这种帮助，男教师大概生性喜欢骂人，即使干得再好，也免不了要挨骂。活儿本身并不重，只是由于情况特殊，今天才耽误了，再说这种责骂对K的影响不像对一个学生那么大，他并不把它放在心上，几乎无所谓，他也希望很快就能完全摆脱教师。虽然汉斯只想帮他对付教师，但他还是非常感谢，现在汉斯可以回去了，希望他不会受到处罚。尽管K并没有强调而只是不由自主地隐约提到，他只是不需要别人帮助他去对付教师，而没有提到是否需要其他方面的帮助,汉斯却明白了这弦外之音,便问K或许有其他事情需要帮助;他很乐意帮他的忙,如果他无能为力,他会请他母亲帮忙,那样就一定会成功。父亲有什么难处也求母亲帮忙。而且母亲也曾有一次问起过K,她自己难得出门,那一天去拉泽曼家只是破例;不过他,汉斯,却常到那儿去和拉泽曼的孩子们玩,因此有一回母亲问他,土地测量员有没有再到那儿去过?母亲身体十分虚弱疲惫,不能让她无谓地激动,所以他只是简单地说,他在那儿没有见到土地测量员,此外就没有再说什么;可是,既然他现在看到K在这儿学校里,他就得同他说话,以便向母亲报告。因为如果她没有明确吩咐,有人却照她的意思做了,这是她最高兴的事情。K想了一想,便说他不需要任何帮助,他所需要的一切都已经有了,汉斯愿意帮他的忙,这是他的一片好心,他感谢他的好意,以后可能会需要什么帮助,他就会去找他,他知道他家的住址。反过来说,他,K,也许这一次能帮点忙,他听说汉斯的母亲身体不好,村里显然没有人知道她生的是什么病,他感到不安,如果这样麻痹大意,小病也往往会引起严重的后果。而他,K,倒有一点医学常识,而且更重要的是,有医治病人的经验。有许多病医生都束手无策,他却能妙手回春。在家乡时,因为他医术高明,大家都叫他"苦药草"。总之,他很乐意去看汉斯的母亲,和她谈谈。也许他能提供什么好主意,单是为了汉斯的缘故,他也很乐意这样做。汉斯听到这个建议,最初眼睛亮了起来,使得K更加迫切,可是结果却不如人意,因为汉斯对提出的几个问题回答——而且甚至并不十分悲伤——说,不准陌生人去看他的母亲,因为她需要好生将养;那天K虽然没有和她说什么,她后来还是在床上躺了好几天,这种事确实经常发生。但是父亲当时却对K十分恼火,他决不会让K去见母亲的;是的,当时他甚至想去找K,

惩罚他的行为，只是母亲把他拦住了。不过主要是母亲自己一般不愿和任何人谈话，她问起K并不算是反常，相反，正是在提到他的时候，她本来可以表示希望见到他，但是她并没有这样做，这已经很清楚地表明了她的意愿。她只想听别人谈K的情况，却不想和他谈话。何况她也并不是真的生什么病，她很清楚自己为什么会这样，有时也暗示：这儿的空气大概对她不相宜，然而为了丈夫和孩子，她又不愿意离开这儿，而且她的身体已经比从前好些了。这些就是K了解到的情况。汉斯的思考能力大有长进，因为他不想让K接近他的母亲，而据他说，他是想帮K的忙的；是的，为了达到不让K去见他母亲这个善良的目的，他的许多说法甚至与他自己从前讲过的话互相矛盾，例如母亲的病。虽然如此，K现在还是看出，汉斯仍然对他怀着好意，只有在提到他母亲时，他才会忘却其他一切；不管你提出谁同他的母亲相比，谁马上就会相形见绌,刚才K就是这样,但是,比方说,他的父亲也有可能这样。K想试一试这一点,便说他的父亲如此照看他的母亲使其免遭任何骚扰,实在是非常明智,如果他,K,那天只要猜到一点这种情形,他就肯定不敢去和她说话的,现在他请汉斯事后替他在家里表示歉意。另一方面,既然如汉斯所说,她的病因已经弄清楚,那他不完全明白,为什么他的父亲不让她到别的地方去换换空气,疗养身体;人们一定会说是他拦住了她,因为她只是为了他和孩子才没有出门,但是她可以带着孩子一起去,而且也不必离开很长的时间,也不必去很远的地方,城堡山上的空气就已大不相同。他的父亲既然是本地最大的鞋铺老板,就不必担心这样一次出门的费用,而且他或她在城堡里也一定会有亲戚或熟人愿意接待她的。他为什么不让她去呢?但愿他不要小看这样一种病;K和他的母亲只匆匆见过一面,但正是她的苍白和虚弱引起他的注意,促使他去和她说话的;当时他就感到奇怪,她的丈夫为什么让生病的妻子待在公共浴室和洗衣房的污浊空气中,而且不肯压低一点自己高声说话的声音。他的父亲大概不知道是怎么一回事;即使她的病情近来也许有所好转,这种病时好时坏,但要是不尽力医治,最后就会复发,那时就到了无法医治的地步。即使 K 不能同他的母亲面谈,那么,同他的父亲谈谈,提醒他注意这一切,或许也是好的。

汉斯专心听着,大部分都听懂了,对其他没有听懂的话中的威胁也强烈地感受到了。尽管如此,他还是说,K 不能去和他父亲谈,他父亲不喜欢他,很可能会像教师那样对待他。他说这句话的时候,提到 K 脸上便泛出怯生生的微笑,提到他父亲时却显出气愤和悲伤的神情。但是他又说,也许 K 还是可以同他的母亲谈一谈,只是不能让他父亲知道。接着,汉斯目光呆滞，沉思片刻，完全像是一个女人想做一件犯禁的事，正在寻求一个办法去做而又不会受到惩罚那样。他说，后天也许有可能，他父亲晚上要去贵宾饭店参加一个会议；他，汉斯，晚上来带K去见他母亲，当然这首先需要他母亲同意，而这种可能性是很小的。特别是她从来不做违背她丈夫心意的事，对他百依百顺，甚至连他汉斯都看得出是不合理的事情，她也都听他的。其实汉斯现在是在寻求K的帮助去对付父亲；看来像是他自己弄错了，因为他本来以为他想帮助K，而实际上他是想摸清楚，这个突然出现并且甚至被母亲提到过的外乡人是否也许能帮他对付父亲，因为在周围的熟人中没有人能帮他。这男孩像是无意一样，不露声色，近乎阴险。到目前为止从他的表现和言词中难于看出这一点，只是他完全事后有意无意透露出来的口风才使人觉察到。现在他和K进行长时间的讨论，考虑要克服哪些困难。即使汉斯愿意大力相助，这些困难也几乎难以克服；他一面沉思一面却又在寻求帮助地始终看着K，心神不定地眨巴着眼睛。在父亲离家之前，他什么也不能对母亲说，否则父亲就会知道，一切就会落空，因此他要等到父亲离家以后才能提此事；就是这时候，也不能太快太突然，考虑到母亲，也要慢慢来，等候适当的机会；那时才得去请求母亲同意，那时他才能来接K去；可是这不就已太晚了，父亲不就要回来吗？不，这是办不到的。而K证明这并不是办不到的。至于时间不够，那倒不必担心，短短的一次谈话，短短的一次见面就够了，而且汉斯不用来接K，K可以藏在他家附近什么地方，等候汉斯一发出信号马上就去。不，汉斯说，K不能在他家附近等候——一涉及他的母亲，他又变得十分敏感——K不能在母亲不知情的情况下上路，汉斯不能这样背着母亲偷偷和K合谋；他得把K从学校里接来，但要等到母亲知道和准许以后才能这样做。好吧，K说，这样的话，事情真的就很危险了，汉斯的父亲有可能在家中抓住他；即使不至于会发生这种情况，他的母亲也会担心这一点而不让K去，这样一来，一切全都会由于他父亲而落空。对此汉斯又提出反驳，于是他们就这样争论不休。

在这以前，K早就把汉斯叫到讲台上，把他拉到自己的两膝之间，不时抚摸他安慰他。尽管汉斯有时还提出反对意见，但是这种亲近也有助于他们取得一致的意见。最后他们一致同意这样做：汉斯先把全部实情告诉他的母亲；不过为了便于取得她的同意，还告诉她K也想和布龙斯维克本人谈一谈，但不是谈她的事，而是谈他自己的事。这倒也是实情，在谈话过程中K想起，尽管布龙斯维克一向是个危险而凶恶的人，但他其实不再可能是自己的敌人，因为起码根据村长所说，他是要求聘请土地测量员的那一派的首领，即使他们那么做是出于政治原因。因此，K 到村里来，布龙斯维克一定是欢迎的；这样的话，第一天那种叫人恼火的接待和汉斯所说的恶感，就几乎令人费解了；不过，布龙斯维克那天感到不快，也许正是因为 K 没有先向他求助，也许还存在别的误会，那只消三言两语就可以解释清楚。倘若能够做到这一点，K 就可以得到布龙斯维克的支持来对付教师乃至村长，村长和教师不让他接触城堡当局，逼迫他接受校役的职位，这个官方大骗局——这不是骗局又是什么？——就可以揭穿；如果布龙斯维克和村长再次为 K 而进行斗争，布龙斯维克就得把 K 拉到自己一边，K 就会成为布龙斯维克家的座上客，布龙斯维克的权力手段就会由他支配去对付村长；这样一来，谁知道他会取得什么收获？不管怎样，他可以经常和那个女人在一起——K 就这样想入非非、神魂颠倒，而汉斯一心只想着母亲，忧心忡忡地看着 K 一言不发，就像是眼看着一个为了给重病人找到治疗方法而苦苦思索的医生那样。K 提出要和布龙斯维克谈谈土地测量员职位问题，汉斯同意了，但也只是因为这样可以在父亲面前保护母亲，况且这只是万不得已的一着棋，但愿不会走这一着棋。他只是还问了一下，K 将会怎样向他的父亲解释这次深夜造访。K 答道，他会说是校役这个不堪忍受的职位和教师那种叫人丢脸的对待使他突然感到绝望，忘却了一切顾忌。听了 K 的解释，汉斯最后总算满意了，虽然脸色还有点阴沉。

现在，看来已经把一切事先都考虑周全了，成功的可能性至少已不再被排除，于是汉斯放下了思想包袱，变得快活起来，天真地又聊了一会儿，先是和 K 聊，后来也和弗丽达聊。弗丽达久久地坐在那儿，好像心中另有所思，这时才重又参加谈话。她问了许多话，还问他将来希望成为什么样的人；他没有多想就说，他希望成为像 K 这样的男子汉。再问他理由时，他却答不上来,问他愿不愿意做校役,他又一口否定。经过进一步追问,他们才明白他怎么拐弯抹角地会有这个愿望的。K目前的处境悲惨下贱,毫不值得羡慕,这一点汉斯也看得一清二楚,他根本无需去观察别人就会明白;他自己本来就老大不愿意让母亲见到K和听到他的话。可是话虽如此,他还是跑来找K,向他求助,K一同意,他就十分高兴;他相信别人也是如此,但主要是母亲自己提起过K。他从这一矛盾中得出了一个信念:K目前虽然还很低贱不得志,然而在固然几乎无法想象的遥远的未来一定会出人头地。正是这个简直荒唐的遥远未来和通向未来的光荣历程令汉斯神往;为此代价,他甚至愿意接受目前的K。这一愿望使他显得特别少年老成,因为汉斯看K,就像是看一个年龄比自己小、前途比自己更远大的小男孩似的。他在弗丽达的一再催问下才谈起这些事情,神情一本正经,几近忧郁。K说他知道汉斯为什么羡慕他,这才使他又高兴起来；K指的是他羡慕K那根放在桌子上的漂亮的多节手杖。汉斯在谈话时一直心不在焉地玩弄着手杖，K说，好吧，他会做这种手杖，如果他们的计划成功了，他一定会给汉斯做一根更漂亮的。现在已经弄不清楚，汉斯是不是真的只想那根手杖，不过K的许诺使他十分高兴，他乐呵呵地道别，还紧紧握住K的手说："那就后天见。"

汉斯走得正是时候，因为不一会儿，男教师就猛然推开门，看见K和弗丽达还静坐在桌旁，便喊道："对不起，打扰了！不过请你们告诉我，到底什么时候才能把这间屋子收拾好？我们在那边挤成一团，课也没法上，而你们却在这间大体操室里伸开四肢，甚至还把助手撵走，好多占点地方！现在你们至少也该站起来动一动了！"然后他只对K说："现在你到桥头客栈去给我把点心取来！"

这些话都是怒气冲冲地嚷出来的，但语气

还比较温和，即使是那个粗鲁的"你"字。K立刻准备服从；只是为了向他摸底，便说："我已经被辞退了。""不管辞退不辞退，去给我把点心取来。"教师说。"我正想知道，我给辞退了没有。"K说。"你在胡扯什么呀？"教师说，"你并没有接受解聘呀。""这样是不是就足以使它无效呢？"K问。"我说不行，"教师说，"这你可以相信我，可是村长却说行，不可思议。现在你就去吧，不然你真要卷铺盖了。"K感到满意，这么说男教师已和村长谈过，或者也许他根本没有和村长谈，只是想好了村长很可能会有的意见，而这个意见对K是有利的。现在K想立即赶紧去取点心，可是在过道里，教师又把他叫了回去；或许他只想用这道特别的命令来考验K是不是愿意服从调遣，以便今后照此行事，也可能是他现在又心血来潮，想要发号施令，让K急急忙忙地跑去，然后遵照他的命令像个侍者那样又急急忙忙转回来，这使他很开心。在K这方面，K知道自己过于驯服就会成为教师的奴隶和替罪羊，不过在一定限度上，现在他愿意耐心地忍受教师的反复无常，因为尽管事实已表明，教师无权解聘他，可是他完全可以给他的工作制造困难，直至叫他干不下去。正是这份差事，现在对K来说比以前更重要了。和汉斯的一席谈话，在他心中勾起了新的希望，他自己也承认这些希望未必能实现，完全没有根据，然而他已无法再将其忘怀；这些希望甚至几乎盖过了巴纳巴斯。他既然谋求实现这些希望——他别无其他办法——就得集中自己一切精力，不能牵挂任何其他事情，不能牵挂吃、住、村当局，甚至不能牵挂弗丽达；而事实上这只关系到弗丽达，因为只有和弗丽达有关的事情他才关心。因此他得设法保住这个职位，这能使弗丽达有几分安全感，为了这个目的，在男教师手下忍受一些自己平常不会容忍的事情，他大概也不会后悔。这一切并不是太令人痛苦的，它是生活中不断出现的小烦恼，与K所追求的目标相比算不了什么，而且他到这儿来，并不是为了要过养尊处优的太平日子。

所以，正如刚才他想马上跑到客栈去一样，现在他因为命令改变，也愿意立即准备先把屋子收拾整齐，好让女教师和她的那一班学生能够回来上课。不过他得很快收拾好，因为此后K还得去取点心，男教师已经又饿又渴，难以再等了。K保证一切都会照他的意思去办；男教师在一旁待了一会儿，看着K赶忙把铺盖挪走，把体操器械放回原处，飞快地把屋子打扫干净，弗丽达则忙着擦洗讲台。他们的干劲似乎使男教师感到满意，他还提醒他们，门外已准备好一堆生火的木柴——他大概不愿让K再到柴房去——说罢便走回他的教室去了，临走时还吓唬他们说，他很快就要再来查看。

默默地干了一会儿以后，弗丽达问K为什么现在对男教师这样俯首帖耳。问这个问题虽然出于同情和担心,但是K想到,弗丽达原本答应要保护他,不让男教师对他颐指气使、发号施令,可是她并没有做到,因此他只是简短地答道,既然他当了校役,现在也得尽职。之后他们又默不作声,一直到K——正是这几句简短的交谈使他想起弗丽达已有这么长久忧心忡忡地陷入沉思,尤其是在他和汉斯谈话的全过程中几乎都是如此——一面把木柴搬进来,一面直率地问她在想什么心事。她慢吞吞地抬起头来看着他,回答说没有什么一定的事情;她只是在想女店主和她说的许多话很有道理。在K追问下,她拒绝了好几次,才回答得更详细一些,但是并没有放下手中的活儿,这倒并非是因为她勤劳,因为工作毫无进展,只是借此可以不必非看着K不可。她说,K和汉斯谈话时,起先她在一旁静听,后来给K说的几句话吓了一跳,开始对这些话的意思体会得更深,从此以后就再也不能不从K的话里证实女店主向她提出过的警告,而她本来是决计不肯相信她的警告是有道理的。K听了这一番泛泛之谈很生气,就连弗丽达哭哭啼啼、如怨如诉的声音也没有感动他,反倒使他恼火。最使他生气的是女店主现在又插手他的生活了,至少是通过回忆,因为她本人到现在为止并没有取得多少成功,于是他便把他怀里抱着的木柴一下扔到地上,坐在木柴上,用严肃的口气要求她把话讲清楚。"不止一次,"弗丽达开始说,"从一开始起,老板娘就极力想使我怀疑你,她并没有说你在说谎,相反,她说你天真直率,可是你的性格和我们大不相同,即使你说得很直率,我们也很难相信你,要不是一位好朋友从前提醒我们,我们就得通过惨痛的经验才会相信。甚至像她这么一个善于识别人的人,也几乎上了你的当。但是她在桥头客栈和你最后谈过以后——我只是重复她那刻毒的话——她看穿了你的花招,现在你再也骗不过她了,即使你竭力想隐瞒你的意图。但是你并没有隐瞒什么,她一再这样说,后来她又说:一有机会,你就好好听听他说些什么,不仅是浮光掠影,不,而是竖起耳朵听。她所做的仅此而已,至于我,她听到了如下的情况:你拉拢我——她用的就是这个难听的字眼——,只是因为我凑巧和你不期而遇,你也不讨厌我,因为你误以为酒吧女侍是任何客人都可以伸手猎取的对象。此外,贵宾饭店的老板娘听说,那天晚上你出于某种原因想在贵宾饭店过夜,不过只有通过我才能达到目的。这一切就使你成为我那天晚上的情人;然而为了扩大战果,也就需要别的什么,那就是克拉姆。老板娘并没有说她知道你想从克拉姆那儿得到什么,她只是说,你在认识我以前就一心想见克拉姆,认识我以后也是如此。所不同的只是,以前你毫无希望,现在你却以为通过我找到了一个能使你确实、立即、甚至以优势向克拉姆进逼的可靠手段。今天你说,你在认识我以前在这儿瞎闯，我听了这话多么吃惊——不过这仅仅是短暂的，没有更深的原因。这话也许和老板娘说的一样；她也说，你自从认识我以后才明确了目标。这是因为你相信，你征服了我，便征服了克拉姆的一个情妇，就掌握了一件抵押品，克拉姆只有用最高的代价才能赎回。和克拉姆就这个代价进行谈判，就是你惟一的奋斗目标。在你的心目中，我什么也不是，而这代价却是最最重要的，因此涉及到我，你准备作出任何让步，涉及到代价，你就寸步不让。所以，我失去在贵宾饭店的职位，对你来说无关紧要，我还必须离开桥头客栈也无关紧要，我要干校役这种苦活也无关紧要。你对我没有一点温存，甚至不再有工夫陪我，你把我交给助手，不会吃醋，在你看来，我惟一的价值就是我曾经是克拉姆的情妇，你由于不了解情况，竭力不让我忘记克拉姆，以便在关键时刻到来时最后我不至于过于反抗；可是你也反对老板娘，你认为她是惟一能拆散我和你的人,因此你就和她大吵大闹,目的是你非得和我离开桥头客栈不可;如果仅仅取决于我,那么在任何情况下,我都是属于你的,这一点你毫不怀疑。你把同克拉姆的谈话看成是一桩买卖,一笔现金交易。你把各种可能性都考虑到了;你准备什么都干,条件是你得到这一代价;如果克拉姆要我,你就会把我献给他;他要你留在我身边,你就会留在我身边;他要你撵走我,你就会撵走我;不过你也准备演喜剧;如果对你有利,你就会说你爱我,你会强调你的渺小,用你接替他这一事实使他感到羞愧,设法打消他漠不关心的态度,或者把我确实说过的我爱他的那些话转告他,求他重新接受我,当然得付出代价;如果这些都无济于事,那你就会干脆用K夫妇的名义去央求他。老板娘最后说,当你发现在所有事情上都弄错了,你的设想、你的希望、你对克拉姆以及他同我的关系的看法都错了,那我就要开始受罪了,因为那时我才会真正成为你惟一始终能依靠的财产,但也已证明是毫无价值的财产,你就会不把它当一回事,因为你对我除了物品主人的感情以外就没有其他感情了。"

K抿着嘴紧张地听着,他坐着的那堆木柴已经滚散,他没有注意到他几乎已滑到地上了;现在他才站起来,坐到讲台上去,握住弗丽达无力地想抽回去的手,说:"你说的这一番话,我并不总是能分清是你的意见,还是老板娘的意见。""那只是老板娘的意见,"弗丽达说,"我仔仔细细都听了,因为我尊敬老板娘;但是我完全拒不接受她的意见,这在我一生中还是第一次。她所说的一切,当时我觉得是那么离谱,一点也不懂得我们俩的关系。我觉得实际情况和她所说的完全相反。我想起我们第一夜以后的那个阴沉沉的早晨,你跪在我的身边,目光中流露出好像一切都完了似的神情。后来的情况也真的变成是我并不是在帮助你,而是在妨碍你,尽管我尽了很大的努力。由于我,老板娘成了你的敌人,一个强大的敌人,你一直还对她估计不足;为了我,你才忧心忡忡,不得不为你的职位而斗争,你在村长面前处于不利地位,不得不听命于教师,听任助手的摆布,但最糟糕的是:为了我的缘故,你也许得罪了克拉姆。你现在一直想要见克拉姆,其实这不过是想用某种方式同他和解的无力挣扎罢了。我对自己说,老板娘对这一切当然比我知道得多,她偷偷提醒我,只是想使我不致自怨自艾得太厉害。她这样做出于一片好心,但却是多此一举。我对你的爱会帮助我度过一切难关,到头来也会推动你向前走,如果不是在这村子里,那就在别的地方;它的力量已经得到证明,它把你从巴纳巴斯一家人那里拯救了出来。""这么说,当时你是持反对意见的,"K 说,"在那以后有什么变化吗?""我不知道,"弗丽达说,眼睛望着 K 的手,那只手仍然握着她的手,"也许什么都没有变；现在你离我这么近，这么平心静气地问我，我便觉得什么也没有改变。可是事实上，"——她把自己的手从K的手里抽出来，直挺挺地坐在他对面哭了起来，却不用手捂着脸；她毫无顾忌地把泪流满面的脸孔对着他，好像她并不是为自己哭泣，因此没有什么可掩饰的，而是为K的负心而哭，因此也理应让他看到她这副模样而感到痛苦——，"可是事实上，自从我听到你同那个男孩的谈话以后，一切就都变了。开始时你是多么天真无邪，问他的家庭情况，问这问那；我觉得就像你刚走进酒吧，亲切，坦诚，孩子气地急切想引起我的注意。这和当时没有什么不同，我真希望老板娘也在这儿，听听你说的话，看她是否还会坚持自己的看法。可是后来，突然之间，我不知道是怎么搞的，我觉察到你和他谈话抱着某种意图。你用关心的话赢得了他那不易赢得的信任，以便在以后顺利地向你的目标进军。你的目标我看得越来越清楚了。你的目标就是那个女人。你那些表面上关心她的言语完全不加掩饰地表明你只是在打自己的算盘。你还没有赢得她,就在欺骗她了。从你的话里,我不但看到了我的过去,也看到了我的未来;我觉得,好像老板娘正坐在我的身旁向我解释这一切,我竭尽全力想把她挤走,但是我又明明知道这种努力是毫无希望的,其实受欺骗的已不是我——我连受欺骗的份也没有——而是那个陌生女人。后来我还打起精神问汉斯将来想成为什么样的人,他说他要成为像你那样的人,由此可见,他对你已佩服得五体投地,这个在这儿受到蒙蔽的好男孩和那时在酒吧里受蒙蔽的我,两者之间现在究竟又有多大的区别呢?"

"这一切,"K已适应这种指责,恢复了镇静,"你所说的这一切,从某种意义上说是对的;它并不假,只是不怀好意,即使你认为这些都是你自己的看法,但它们全是我的敌人老板娘的看法,这使我感到宽慰。不过那些话很有教育意义,从老板娘那儿还能学到不少东西。她没有对我本人讲这些话,虽说她在别的方面并不姑息我;显而易见,她把这件武器交给你,是希望你在我面临特别严重或关键的时刻时使用它。如果说我在利用你,那么她也同样在利用你。可是,弗丽达,现在你想一想:即使一切都像老板娘所说的那样,那也只有在一种情况下才是极其恶劣的,那就是你并不爱我。这样,只有这样才果真是我耍心眼施巧计赢得你的芳心,用你当做资本来牟取暴利。倘若是那样的话,那天晚上,为了骗取你的怜悯,我和奥尔加手挽手出现在你面前,这也许甚至是我策划的,而老板娘在数落我的罪状时却忘了提到这一点。但是,如果情况并非如此恶劣,当时并不是一只狡猾的猛兽把你夺走,而是我喜欢你,你也喜欢我,我们俩很投缘,忘掉了自己,那么,弗丽达,你说,这又是怎样一种情形呢?这样的话，我办我的事，就像办你的事一样，这里没有区别，只有一个仇敌才会加以区分。事情都是这样的，对汉斯也是如此。此外，在判断同汉斯的谈话时，你神经过敏，过于夸张，因为如果汉斯的意图和我不完全一致，那也不至于是背道而驰的，再说汉斯并不是没有觉察到我们的分歧，如果你以为他没有觉察，那你就大大地小看了这个谨慎的小大人了，即使他始终没有觉察到这一切，那也不会有谁因此而吃亏，我希望是这样。"

"要摸清头绪可真难，K，"弗丽达叹口气说，"我当然没有怀疑你，如果我受老板娘的影响，有过这种念头，我就会心悦诚服地把它丢掉，跪下来求你宽恕，就像我在这段时间里其实一直在做的那样，即使我还在说如此可怕的事情。可是你有许多事情瞒着我，这却是事实；你来来去去，我不知道你从哪儿来，到哪儿去。刚才汉斯敲门的时候，你甚至叫了巴纳巴斯的名字,我不明白你为什么叫那个可恨的名字时竟是那样的亲热,你只要有一次这样亲热地叫我就好了。既然你不信任我,怎么能叫我不起疑心呢?这样我就完全听信老板娘了,你的表现似乎证明她是对的。不是每一件事情,我不想说你在每一件事情上都证明她是对的;你不是至少为了我的缘故把助手撵走了吗?啊,我只希望你知道,我是多么渴望能从你的一言一行中找到你对我的一片好心,即使你的言行使我感到痛苦。""首先,弗丽达,"K说,"我一点儿也没有瞒你。老板娘多么恨我,千方百计想使你离开我,她采取了多么卑鄙的手法,你对她又是多么俯首帖耳,弗丽达,你对她是多么俯首帖耳!你说,我有什么事瞒着你?我想见克拉姆,这你知道,你帮不了我的忙,因此我只好自己去争取,你也知道我至今尚未成功,你瞧。这些徒劳的尝试实际上已经叫我丢尽了脸,难道现在还要一一叙说,使我加倍丢脸吗?

我在克拉姆雪橇的车门前白白等了整整一下午，冻得浑身发抖，难道叫我拿这种事来炫耀自己吗？我很高兴不必再去想这种事情，赶忙跑到你这儿来，而你现在又搬出这些来数落我。还有巴纳巴斯？不错，我是在等他。他是克拉姆的信差，并不是我叫他这样做的。""又是巴纳巴斯！"弗丽达叫道，"我不能相信他是个好信差。""也许你说得对，"K说，"可他是惟一派到我这儿来的信差。""那就更糟，"弗丽达说，"你就更应该提防他。""可惜至今他还没有使我有理由这样做，"K微笑着说，"他很少来，带来的信都是无关紧要的；只是因为那是直接从克拉姆那里来的，所以它们才有价值。""可是，你瞧，"弗丽达说，"现在就连克拉姆也不再是你的目标了，也许使我心里最不安的就是这一点。过去你总是撇开我，迫切想见克拉姆，这已经够糟了，现在你似乎又不想见克拉姆了，这就更糟糕，这一点连老板娘也没有料到。老板娘说，一旦你最终认识到你寄托在克拉姆身上的希望落空了,我的幸福,一种靠不住的然而非常真实的幸福,也就结束了。可你现在甚至等不到那一天;突然走进来一个小男孩,你又开始去和他争夺他的母亲,就像是在争夺自己的命根子似的。""你对我和汉斯的谈话理解得不错,"K说,"真是这样。可是,难道你已把你过去的全部生活忘得一干二净(当然老板娘除外,她是不会让你忘记的),不再记得一个人,特别是出身微贱的人,必须如何奋发向上?必须怎样利用一切有一线希望的机会?那个女人是从城堡来的,这是我到这儿的第一天迷路跑到拉泽曼家去的时候她自己告诉我的。去向她请教,或者甚至请她帮忙,这不是再清楚不过的事吗;如果说,老板娘只完全清楚使我不能见到克拉姆的种种障碍,那么这个女人很可能知道走哪一条路,因为她自己就是从那一条路下来的。""通到克拉姆那儿去的路?"弗丽达问。"通到克拉姆那儿去，当然啰，不去他那儿，还能上哪儿去呢？"K说。接着他一跃而起："现在该赶紧去取点心了。"弗丽达恳求他留下来，她那副急切的神态完全无此必要，似乎只有他留在她身边才能证实他对她说的一切安慰的话。但是K使她想起男教师，指指那扇随时都有可能哐啷一声猛地打开的门，还答应她马上就回来，叫她连炉子都不用生，他自己会料理的。最后弗丽达默默地顺从了。当K在外面艰难地踏雪行走时——路上的雪早就该铲去了，真奇怪，工作进展得多慢——，他看见一个助手已经累得要死，仍紧紧抓住栅栏不放。只有一个，还有一个上哪儿去了呢？这么说，K至少已经摧毁了其中一个人的耐性？留下来的那一个却仍然十分卖力地在坚持；这看得出来，因为他一看见K就来了劲头，马上更加疯狂地伸出手臂，望眼欲穿地翻白眼。"他的不屈不挠精神堪称模范，"K对自己说，不过又得加上一句，"再坚持下去，就会冻死在栅栏旁。"但是外表上 K 没有作任何表示，只是向那个助手伸出拳头做了一个威吓的手势，不让他靠近一步；助手甚至还怯生生地往后退了好几步。这时弗丽达正好打开一扇窗户，好在生火以前使屋子通一通风，这是她和 K 商量好的。那个助手立刻不再纠缠 K，禁不住被吸引，悄悄地溜到窗前去。弗丽达一面对助手和颜悦色，一面又对 K 露出无可奈何的恳求神态，因此脸都变了样。她从窗户上挥了挥手，弄不清楚是叫他走开呢，还是在打招呼，助手却并不因此而动摇向她走近的主意。这时弗丽达连忙把外面的窗子关上，但是仍旧站在窗户后面，手放在手柄上，侧着头，眼睛睁得大大的，脸上挂着呆板的笑容。她知道她这样站着反而会吸引助手而不会把他吓跑吗？但是 K 没有再回头看，他想最好还是抓紧时间，早去早回。

Franz Kafka
Das erzählerische Werk

Das Schloss

第十四章

临近傍晚，天已经黑了，K总算把校园小径清理出来，把雪高高地堆在路的两旁，拍得结结实实，一天的工作这才算完成。他独自站在校园门口，周围看不到一个人影儿。那个助手在几个钟头以前已给他赶走。他追了很长一段路，后来那个助手在校园和校舍之间的什么地方躲了起来，再也找不到了，此后再也没有露面。弗丽达在家里不是忙着洗衣服，便是仍旧在给吉莎的猫洗澡；吉莎把这项工作交给弗丽达，这是对她非常信任的表示。不过那是一件令人倒胃口的不合适的事，要不是在种种失职表现之后很有必要抓住任何机会讨好吉莎，K是一定不会让她去干的。[21]吉莎满意地看着K从顶楼上把一个孩子用的小澡盆拿下来，烧好热水，最后小心翼翼地把猫放进澡盆里。后来吉莎甚至把猫完全交给弗丽达照管，因为K进村第一天晚上认识的那个施瓦采来了。由于那天晚上发生的事情，他在向K打招呼时有点不好意思，同时又表现出对一个校役应有的极端蔑视，然后就同吉莎走到另一间教室里去了。他们两人一直还待在那儿。K在桥头客栈时听人说，施瓦采虽然是城堡总管的儿子，但是因为爱上了吉莎，在村里已经住了很长时间，通过他的种种关系，被村里任命为代课教师，但他主要是以如下方式行使其职务，即他几乎一堂不漏地去听吉莎的课，不是坐在孩子们中间，便是坐在讲台旁吉莎的脚下。他毫不妨碍大家，孩子们早已习以为常，或许这也是因为施瓦采既不喜欢孩子，也不理解孩子，很少和他们讲话，只是代吉莎上体操课，此外他只满足于待在吉莎的身边，呼吸她的空气，感受她的温暖。他最大的乐趣就是坐在吉莎身边批改学生作业。今天他们也在忙于批改作业，施瓦采抱来了一大摞作业本，男教师总是也把他的作业本交给他们改。只要天还亮，K就看见他们两人坐在窗前一张小桌子旁工作，头挨着头，一动不动，这会儿他看到那儿只有两支蜡烛的烛光在摇曳。把这两人联系在一起的是一种严肃的、默默的爱情；唱主角的是吉莎，她那慢性子有时火暴起来也会冲破一切界线，但她却决不会容忍别人在别的时候也这样做；因此，生性活泼的施瓦采也不得不俯首帖耳，慢走，慢说，少说；但是人们看出，他所做的一切，由于吉莎单纯的、默默的存在而得到充分的回报。但是，吉莎或许根本就不爱他；反正她那圆圆的、灰色的、确实从不眨一眨、倒是瞳孔似乎在转动的眼睛，没有对这样的问题提供答案；人们看到，她只是无异议地容忍施瓦采的接近，但是她无疑毫不赞赏被一个城堡总管的儿子爱上的这份荣耀，不管施瓦采的目光是否尾随着她，她照旧从容不迫地拖着她那丰满的身体走来走去。相反，施瓦采却为她作出长期牺牲，留在村子里；父亲经常派人前来接他回去，他却气愤地把他们打发走，好像他们使他短暂地想起城堡和做儿子的义务，就是对他的幸福的严重的、无法弥补的干扰似的。其实他倒是有足够的空闲时间，因为吉莎只是在上课和批改作业时才向他露面，这倒不是她在打小算盘，而是因为她喜欢舒适的生活，因此把独身生活看得比什么都重要，大概使她最开心的莫过于能完全自由自在地在家里躺在长沙发上，让那只猫挨着自己，它并不碍事，因为它已几乎跑不动了。这样，施瓦采每天大部分时间就无所事事地闲荡，但是他也喜欢这样做，因为他毕竟还有机会去狮子巷，他也经常利用这一机会，到狮子巷吉莎住的小顶楼上去，在总是锁上的门口偷听，在毫无例外地发现房间里不可思议毫无动静以后又匆忙离开。但是在重又产生傲慢的官气——这当然与他目前的职位很不相称——之后，他这种生活方式的后果有时——但从来不当着吉莎的面——

也表现在可笑的发作中；不过事情的结果往往并不很妙，正如 K 也曾经历过的那样。

〔22〕惟一令人惊奇的是，即使谈的是可笑而不值得尊敬的事情，但是至少在桥头客栈，人们谈到施瓦采的时候总是还带有几分敬意，吉莎也分享了这种敬意。话虽如此，施瓦采以为代课教师就比 K 高出许多，那是毫无道理的，这种优越性并不存在。校役对全体教师尤其对施瓦采那样的教师来说是个重要人物，不能等闲视之，倘若因为社会地位的关系不能放弃这种歧视，那至少也得做出适当的回报以示抚慰。K 决定把这件事记在心上，而且施瓦采由于第一天晚上的表现，至今还欠着他一笔账，虽然从后来几天的情况来看，说明施瓦采接待他的方式其实是对的，但也不能减轻他的过错。因为不能忘记，那次接待也许就决定了后来的一切的方向。由于施瓦采的缘故，K 在刚一抵达的时候，当局就毫无道理地把全部注意力集中在他的身

上了。那时他在村里还完全是人地生疏,举目无亲,无栖身之处,由于长途跋涉而疲劳过度,无可奈何,躺在那儿的草垫子上,完全听任官方的摆布。一夜过后,情况就会大不相同,事情本可以悄悄地、半明半暗地进行;反正没有人知道他的情况,没有人会怀疑他,至少不会犹豫不决,别人会把他当做流动手艺工人收留一天;人们会看到他的用处和可靠,左邻右舍会传扬开去,他很可能不久便会在什么地方当上雇工,找到栖身之处。当局当然不会不知道。但是,为了他的缘故,中央办公厅或其他什么人半夜三更被电话惊醒,要求马上作出决定,表面上虽是很谦恭的请求,但是却坚持要求马上答复,令人讨厌,而且打电话的人又是上面大概不喜欢的施瓦采;或者完全不是这样,K在第二天办公时间去求见村长,理所应当地申报自己是外来的流动手艺工人,已经在某一个村民家里找到安身之处,很可能明天就离开这儿,除非发生极不可能发生的情况,即他在这儿找到了工作,当然只干几天,因为他并不想待更久——这两种情况是大不相同的。如果没有施瓦采的话,本来就会出现后一种情况或类似情况。当局也会进一步调查此事,但是从容不迫地通过官方途径,不受当事人的干扰,他们大概最恨当事人缺乏耐心。现在这一切都不是K的过错,而是施瓦采的过错,但施瓦采是城堡总管的儿子,表面上又做得很恰当,所以这一切就只能叫K吃不了兜着走了。造成这一切的可笑起因又是什么?也许是那天吉莎心情不佳,害得施瓦采夜里睡不着觉,出来游荡,后来就把一肚子的气都出在K的身上。当然,从另一方面也可以说,K得十分感谢施瓦采的那种态度。只是由于施瓦采的态度,才有可能做到一点,K自己决不会做到,也决不敢去做,而且当局方面也不会同意的,那就是他从一开始便不耍什么花招,公开地,在可能的范围之内和当局面面相对。但是这是一件很糟糕的礼物,虽说它使K不必信口开河和鬼鬼祟祟,但是它也使K几乎毫无自卫能力,至少使他在斗争中处于不利地位,倘若他心里不清楚,当局同他之间的实力相差那么悬殊,即使他能施展的扯谎和计谋都施展出来,也不能大大缩小这种差距,使形势变得对自己有利一点,那他可能会被弄得灰心丧气。不过这只是K聊以自慰的想法,施瓦采不管怎样总是还欠着他的债,当时他曾经伤害过K,现在也许他能帮忙。在最细小的事情上,在最基本的先决条件上,K继续需要别人帮忙,因为例如巴纳巴斯看来也重又不起作用了。

为了弗丽达的缘故,K迟疑了整整一天,没有上巴纳巴斯家去打听消息;为了避免当着弗丽达的面接见巴纳巴斯,他现在在屋外干活,活干完后还留在外边等巴纳巴斯,但是巴纳巴斯没有来。现在他别无他法,只好去找巴纳巴斯的姐妹,只去一会儿,只在门口问一声,很快就回来。于是他把铁锹插进雪里,拔腿就跑了。他上气不接下气地跑到巴纳巴斯家门口,在门上只敲了一下便把门推开,也没有看清屋里的情况,开口就问:"巴纳巴斯还没有回来吗?"这时他才注意到奥尔加不在屋里,两位老人又坐在远离门口的桌子旁昏昏欲睡,还没有弄清楚门口发生了什么事,现在才慢吞吞地把脸转向门口;阿玛丽亚睡在炉边长凳上,身上盖着毯子,看到K突然出现吓了一跳,一手按着额头,想让自己镇定下来。奥尔加要是在,会马上回答的,K也就可以回去了。于是他只好至少走几步到阿玛丽亚那儿去,向她伸出手去。她默默地握了握他的手。K请她劝受惊的双亲不用走过来,她三言两语就做到了。K得知奥尔加正在院子里劈柴,阿玛丽亚疲惫不堪——她没有说为什么缘故——刚躺下不多一会儿,巴纳巴斯虽说还没有回来,但他一定很快就会回来的,因为他从来不在城堡里过夜。K感谢她告诉他这些情况，现在又可以走了，但是阿玛丽亚却问他是否愿意再等一等奥尔加，不过他说可惜他已没有时间了。接着阿玛丽亚问他今天是否已经和奥尔加谈过话；他很惊异地回答说没有，问是不是奥尔加有什么要紧的事要和他说。阿玛丽亚似乎有点生气的样子，撇了撇嘴，默不作声地向 K 点了点头，显然是和他告别，然后又躺了下去。她躺着用眼睛打量 K，好像奇怪他为什么还站在那儿。她的目光像平时一样冷漠、明亮、呆板，并不完全对准她观看的目标，而是 —— 这使人心烦 —— 稍许偏离一点，不大看得出来，但毫无疑问偏离了目标，看来这并不是由于软弱，不是由于困惑，也不是由于不诚实，而是出于一种持续不断的、高于任何其他感情的强烈愿望，想要离群独处，也许只有这样她自己才会意识到这种愿望。K 相信，他想起他进村后的第一个晚上吸引他注意的就是这种目光，是的，使他对这一家人立刻产生恶劣印象的很可能就是这种目光。这种目光本身并不讨厌，而是自豪的，在深沉中包含着真诚。"你总是这样忧愁，阿玛丽亚，"K说，"你有什么心事吗？你能告诉我吗？我还从来没有见过像你这样的乡下姑娘。今天，现在，我才发现。你是本村人吗？你是在这儿出生的吗？"阿玛丽亚点点头，仿佛K只是问了最后那个问题，然后说："那么，你还是要等奥尔加了？""我不知道你为什么老是问我这个，"K说，"我不能再耽搁了，因为我的未婚妻正在家里等着呢。"

阿玛丽亚用胳膊肘支起身子，说她不知道他有未婚妻。K说出弗丽达的名字。阿玛丽亚不认识她。她问，奥尔加是否知道他订婚了；K相信她是知道的，因为她曾看见他和弗丽达在一起，而且这样的消息很快就会传遍全村。可是阿玛丽亚向他断言，奥尔加不知道此事，这个消息会使她很伤心的，因为她似乎爱上K了。她没有明说，因为她很拘谨，但是爱会不由自主地流露出来。K深信阿玛丽亚一定是弄错了。阿玛丽亚笑了笑,这一笑虽然是苦笑,却使她那愁眉锁眼的面孔开朗起来,使她从沉默中开口说话,使生疏变成亲热,泄露了一个秘密,放弃了一件一直保藏到现在的东西,虽然还可以重新收回,但是永远也不能全部收回了。阿玛丽亚说,她肯定没有搞错;是的,她还知道更多的情况,她知道K也爱慕奥尔加,他几次登门拜访,名义上是为了找巴纳巴斯打听消息,实际上只是为了来看奥尔加,现在既然阿玛丽亚什么都已知道了,他就不必再过于拘泥了,可以经常来。她想对他说的就是这些。K摇摇头,提醒她,他是订过婚的。阿玛丽亚似乎并不去多想这一婚约,K可是独自一人站在她面前,这种直接的印象对她来说是决定性的;她只问K是什么时候认识那个姑娘的,他到村里来才只有几天。K把那天晚上在贵宾饭店的事讲给她听,她听完仅仅说了一句,她那天就非常反对把他带到贵宾饭店去。这时奥尔加正抱着一大捧木柴走进来，阿玛丽亚也要她作证。奥尔加被室外的冷空气刺激得精神焕发、活泼健壮，和她平时无所事事地站在屋子里的样子相比，通过劳动，像是换了一个人。她扔下木柴，大大方方地向K问好，立刻又问弗丽达的情况。K和阿玛丽亚交换了一下眼色，可是她似乎并不认为自己刚才的说法不对。K对此有点生气，便比平常更加详细地描述弗丽达在多么困难的情况下在学校里总算安了家，由于说得匆匆忙忙——因为他急于想马上回家——在向姐妹俩道别时忘乎所以，竟邀请她们上他家去玩。阿玛丽亚不让他再有说话的时间，马上表示接受邀请，奥尔加也只好表示接受，现在这倒使K目瞪口呆起来。他始终一心想着必须赶快告别回家，并且在阿玛丽亚逼视下觉得心神不定，于是便毫不犹豫地、不再转弯抹角地坦白承认，这个邀请完全有欠考虑，只是他个人一时冲动，随口说出来的，但是很遗憾他不能兑现,因为弗丽达和巴纳巴斯家之间存在着很大的敌意,他也完全不懂是为什么。"那倒不是什么敌意,"阿玛丽亚从长凳上站起身,把毯子扔到身后,"并不是什么了不起的事情,不过是人云亦云随大流罢了。现在你走吧,到你的未婚妻那儿去吧,我看出你很着急。你也别害怕我们会去,我原来只是出于恶意,说着玩的。不过你可以常来看我们,这大概没有什么障碍吧,你总可以用巴纳巴斯的信做借口。我曾说过,即使巴纳巴斯从城堡里为你带来信,他也不能再上学校去通知你,这样就更方便你上这儿来了。他不能跑那么多路,可怜的孩子,那份差使可把他累垮了,你得自己来取信。"K还从来没有听过阿玛丽亚一口气说了那么多话,而且听起来也和她平常说的话不同,含有一种威严的意味,不仅K感觉到了,而且显然连很了解自己妹妹的奥尔加也感觉到了。她站在稍远的地方,双手抱在胸前,现在又像平时一样两腿分开站着,微微弯着身子,眼睛盯着阿玛丽亚,而阿玛丽亚却只望着K。"你错了,"K说,"你以为我不是真的在等巴纳巴斯,这就大错特错了。跟当局处理好我的事情是我最高的愿望,其实也是我惟一的愿望。巴纳巴斯应帮我做到这一点,我的希望大半都寄托在他的身上。虽然他曾使我大失所望,可是那更多是我的过错,而不是他的过错,我刚到村里来的那几个钟头里,糊里糊涂,当时以为只要晚上出去遛一趟,什么事情就都可以迎刃而解,后来表明,办不到的事情就是办不到的,我便对他耿耿于怀,甚至影响了我对你们一家、对你们俩的看法。这已经过去了,我想我现在对你们更了解了,你们甚至是⋯⋯"K想找一个恰当的字眼,可是一时又找不到,只好说个大概其——"就我到现在为止对你们的了解来说,你们也许是村里心眼最好的人。可是现在,阿玛丽亚,如果不说你小看了你哥哥的差使,那你也贬低了他对我的重要性,这倒又把我给搞糊涂了。也许你并不了解巴纳巴斯的事情,要是这样,那就好了,我就不去管它,但是也许你了解他的事情——我更有这种印象——,那就很糟糕,因为这说明你哥哥在骗我。""你放心,"阿玛丽亚说,"我并不了解,什么都不能促使我去了解,什么都不能促使我这样做,甚至看在你的情面上也不能,而我本来可以为你去做很多事,因为正像你所说的,我们心眼好。可是我哥哥的事情是他自己的事,除了违背我的本意有时偶尔听到一两句以外,我对他的事一无所知,而奥尔加可以全都告诉你,因为她是他的知己。"说罢,阿玛丽亚就走开了。她先走到她父母跟前,咬着耳朵对他们说了几句,然后就走进厨房;她走时并没有向 K 道别,仿佛她知道他还要待很长时间,因此没有必要道别。